孤独女孩

[爱尔兰]
埃德娜·奥布莱恩
著

李林波 译

九州出版社
JIUZHOUPRESS

The Country Girls
Three Novels and an Epilogue

第二部

孤独女孩

1

　　这是10月一个阴雨绵绵的午后,我从灰色大总账本里往出誊9月的账单。我在都柏林城北一家杂货店上班,到现在已经两年了。

　　老板、老板娘和我一样,都是从乡下来到这里的。他们都是和善的人,但总想让我卖力干活,还承诺新的一年里会给我涨工资。然而,我却不知道,到那时我会离开这里,去开始一段不同的生活。

　　下雨天没有多少顾客,我很快誊完了账本,就继续看书了。我把一本书压在账本下面,这样就不用担心看的时候被抓住。

　　这是本优美的书,但很悲伤,书名叫《夜色温柔》。我看得心急,跳过了一半的文字,想知道那个男人到底有没有离开那个女人。好男人都在书里,不寻常的、复杂的、浪漫的男人,我最欣赏的那种男人。

　　我只认识一个这样的男人,绅士先生。已经有两年没见到他了。现在,他只是我生命中的一个影子,他留在我心中的痕迹，也就像一个人留恋一件美丽，但穿不上了的旧日衣裙。

四点半，我开了灯。灯光下，店铺看着更是寒碜。货架上蒙了一层灰，天花板从我来到这里起就没见粉刷过，上面满是裂缝。我照了照镜子，看看发型怎么样。那晚我和芭芭要出去玩。镜子里，我那张脸光滑、圆润。我把脸颊吸进去，脸就小多了。我希望能瘦一些，像芭芭那么瘦。

前一天晚上，芭芭说："你看着像怀了个孩子。"当时我正穿着睡裙。

"别胡说八道！"我对她说，这种事想一想都让我心烦。芭芭总是取笑我，其实她知道我和绅士先生在一起时除了接吻没干过别的。

"乡下来的蔫妹子，就像你这样的，和男人跳个舞都会怀孕。"芭芭抬起胳膊，假装搂了一个人，在两张铁床之间跳起了华尔兹，然后哈哈大笑了几声。她走到床头柜前，往透明塑料牙杯里倒了两杯金酒。

最近，芭芭常常喜欢在包里装一小瓶金酒。我们不喜欢金汤力的味道，但喜欢它的样子，喜欢它清爽的蓝色。我们常舒展着四肢躺在硬板床上，慢慢喝着，假扮作两个浪荡女。

芭芭从疗养院回来后，又住进了乔安娜的公寓。日子又回到了过去，不同的是，我们俩现在都没有了男人。

当然，约会还是有的，只是没有固定的约会对象，但约会总是有风险的。

上个星期天，芭芭约了个卖化妆品的男人。那个男人来接她时开了一辆满车身都印着广告的车，上面写着：丝缎般粉嫩肌肤，焕发少女光泽。车是亮蓝色的，广告是银色的。芭芭听到喇叭声，伸出头看是什么样的车。

"我的妈呀！我才不会坐那辆马戏团的车。下去告诉他，我脑出血了。"

我很烦听她说"脑出血"，这是她新学来的词，她觉得这词听起来就是倒了大霉。我下楼告诉那个卖化妆品的男人，芭芭头痛。

"那你要不要和我一起去？"

我说不用了。

车后座放着一沓广告卡片，还有一些小盒子，里面装着小瓶的"粉嫩丝缎爽肤水"。我以为他会给我一个样品，但并没有。

"你确定？不想去看表演？"

我说我去不了。

他没再说一个字，发动了车，倒出了这个巷子。

"他特失望。"我上楼后说。

"这下就把他甩掉了。拿样品了吗？我要和防晒霜一起抹腿用。"

"他在车里坐着我怎么拿？"

"分散他的注意力啊。用你的胸啊,聊聊夕阳啊什么的,吸引他的注意力。"

芭芭真是不可理喻,老觉得别人都是大傻帽。那些油头粉面的家伙,他们卖东西、开商店,大概也是会精打细算的。

"他就没说几个字。"我说。

"哦,沉默寡言型!"芭芭把脸拉得老长,"可以想象,和这样的人度过一晚上会是什么样!把你的貂皮穿上,咱们跳舞去。"我穿上一件浅色连衣裙,和芭芭进城去参加一个星期天夜场舞会。

"如果有缠头巾的印度人给你递烟,千万别接,说不定下药了。"芭芭说。

听说上个星期有两个女孩让人下了药,掳到都柏林山上去了。

还下了药的香烟!连邀请我们跳舞的人都没一个;就没多少男人。我们倒也可以做对方的舞伴,但芭芭说那样就等于完了。我们两个就那样干坐着,摩挲着胳膊上的鸡皮疙瘩,点评着站在舞厅一头的那些男人。他们正打量着坐在凳子上的各色女孩,女孩们一个个坐在长椅上等着。这些男人要等音乐响起来,才会邀请女孩跳舞,而且似乎只是就近找一个。于是我们换到了舞厅那一头,但仍然没什么好运气。

芭芭说我们应该再也不去舞会了,应该去结识一些不同的人,像外交官那样的。

这正是我长久以来的愿望。有时早上起来,我会告诉自己,一定会遇到一位与众不同、出类拔萃的男人。我还常常化上特别的妆,急促地呼吸着,准备面对那个激动人心的时刻。然而,除了顾客和芭芭认识的几个学生,我再没遇到什么人。

在店里,我一边想着这个,一边把红色便利贴粘到一些账单上。这些账单都超期三个月了,必须马上处理。我们从来都不会寄送账单,伯恩斯先生说邮寄太贵,就让威利,那个跑腿的男孩去送。这时威利刚好进了门,正抖着防水帽上的雨水。

"你去哪儿了?"

"没去哪儿。"

和往常一样,午后趁顾客还不多,我和威利会吃点零食,比如碎了的饼干、葡萄干、西梅干、樱桃,像这样的东西。威利的手冻得青一块紫一块的。

威利朝我的新白鞋做了个鬼脸。"喜欢吗,威尔[①]?"我问他。鞋尖很长,上台阶的时候我得侧着脚。我今天穿这双鞋,是因为晚上要和芭芭去一个品酒会。我们在报纸上看到这个品酒会的公告,芭芭说可以混进去。我们还混进去过两次,一次是时装秀,还有一次是一部爱

[①] 威利的昵称。

尔兰旅行影片的私人放映会。(都是骗人的,其实就是几个黑发女孩穿着红色薄纱裙在康尼马拉晃来晃去,怪不得要私人放映。)

五点半了,顾客们下班的路上会不断涌进店里来。六点左右,伯恩斯太太出来了,我可以走了。

"这里很闷啊。"伯恩斯太太对威利说。这是个暗示,意思是我们不该把燃油加热器打开。闷!到处都漏风,护墙板和地板之间还有那么大一道缝。

我在前厅化了妆,抹了胭脂,涂了眼影,还洒了不少玫瑰灰烬香水。玫瑰灰烬,光凭这名字,都让我觉得自己极具魅惑力。威利给我偷了个装糖的袋子,我把鞋放进袋子里,穿上了雨靴。外面,水沟里的水已经溢出来了,雨点猛烈地击打着楼上的天窗。

"我不会干的事你也别干。"威利说。他拉开外厅的门让我出去,吹着口哨看我往几码外的公交车棚下跑。雨下得像瓢泼一样。

公交车上空空荡荡的,傍晚这个时候没几个人去市中心,看电影也太早了。公交车地板上散落着奶糖纸和香烟盒,车里一股汗味。周围住的都是些穷人。

隔壁座位上有份报纸,我拿起来读。上面有一篇很长的文章,是一个神父写的,讲了他怎么在别的国家惨遭折磨的故事。我知道很多类似的故事,在修道院上学时,修女经常在星期六晚上给我们读故事。她常读的报纸叫《标准报》，里面全是些惨事，不是神父被拔掉了脚指甲，就是修女被关进了老鼠乱窜的小黑屋。

我差点坐过了站，爱尔兰神父写的这篇长文让我看入神了。

芭芭在酒店外面等着我。她看上去像是刚从圣诞树上卸下来的，戴着一副皮草手笼，头发用发胶做出了精致的发型。

"我的娘啊，你穿着雨靴是要去哪儿啊？"她问。

我低头一看，才反应过来我把鞋落在公交车上了，太惨了。

现在也没有别的办法，只好穿过马路，站在路边等公交车返回。公交车站没有顶棚，芭芭的发型也塌了。然而，雪上加霜的是，我的鞋并不在回来的车上，售票员也不是同一个人了。这个售票员说，另外那个售票员一定在去喝茶的路上顺路把我的鞋交给失物招领处了。

"上午十点后随时可以给那儿打电话。"他说。芭芭一听，说了声"天啦噜"就穿过马路往酒店跑。我垂头丧气地跟上她。

进宴会厅时遇到了麻烦。芭芭跟入口处检票的女孩说我们是记者，但没用。芭芭在包里翻找着请柬，嘴里嘟囔着一定是忘带了。她说是两张粉色的请柬，边缘是金色的。刚才门口的那个女孩手里拿了一沓请柬，不耐烦地拨拉着请柬的金边，芭芭看到了。芭芭翻包的时候，手都发抖了,脸也涨红了。她脸上的两抹腮红刚才被雨水打得都花了。

"你们是哪家报社的代表?"那个女孩问。我们身后已经排上一个小长队了。

"《女士之夜》。"芭芭说。这是按照她的计划说的,压根就没有这本杂志。

"进去吧。"女孩勉强地说。我们进去了。

走在抛了光的地板上,我的橡胶鞋底发出响亮的咯吱咯吱声,我感觉每个人都在盯着我。这个宴会厅非常奢华,吊灯灯光璀璨,暮蓝色的天鹅绒窗帘掩在窗户上,柔和的舞曲缓缓流淌。

芭芭看见一个朋友,托德·米德,走了过去。他是一个大羊毛公司的公关人员,几星期前,我们在一个时装秀上认识的。他带我们去拿咖啡,然后就想勾搭上芭芭。他装出一副漫不经心、冷漠厌世的范儿,但一看就是装的,看看他吃的那一堆面包夹果酱就知道了。我们知道他结婚了,但没见过他妻子。

"托德!"芭芭踩着高跟鞋摇摇晃晃地朝他走过去。他亲吻了一下芭芭的手背,把我们介绍给了和他一起的两个人。其中一个是位女记者,戴着一顶大大的黑色帽子。另一个是位脸色苍白的陌生男人,叫尤金·盖拉德。尤金说:"很高兴认识你们!"但他脸上看不出多少高兴的意思。他有一张忧伤的面孔,托德说他是个电影导演。

芭芭立刻莞尔一笑，露出了小酒窝，还露出了那颗金牙。

"他导了某某电影。"托德说了一个我从来没听过的影片名。

"经典纪录片，绝对经典。"女记者说。

盖拉德先生真诚地看着那位女记者，说："是的，确实精彩。令人震惊的现实主义贫穷。"他说话的时候，修长的脸上带着一种奇怪的蔑视神情。

"你目前在干什么呢？"女记者问。

"我现在当农夫了。"盖拉德先生回答。

"乡绅。"托德纠正他。

女记者说她哪天会去一趟他那里，给他写篇报道。她衣着考究，一身浓郁的香水味。但她有五十多了吧。

"不如去拿点红酒吧。"芭芭对我说。那两个男人没一个主动拿酒给她，她很失望。我跟着她穿过宴会厅，朝那一长排桌子走去。桌子上铺着白色桌布，后面站着一排服务生，倒起了一杯杯半满的红白葡萄酒。

"他们的态度可不怎么样。"芭芭说。

他们说话的声音传了过来，我听见托德说："那就是我刚给你说的那个文艺胖姑娘。"

"哪个？"尤金·盖拉德漫不经心地问。

"长头发、穿雨靴的。"我听见托德笑着说。

我跑开了，去给自己拿了一杯喝的。桌子上有一盘一盘的薄脆饼干，但是我够不到，肚子这时候饿得咕咕叫,因为没喝下午茶。

"文艺胖姑娘!"太伤人了。

"你的时尚品位很独特,雨靴配羽毛帽。"尤金在我身后说。我不用回头看,也能听出来他柔和的声音。

"你这个勇敢的胆小鬼。"尤金说。他个子很高,和我父亲差不多。

"没什么好笑的,我的鞋丢了。"我说。

"不过这还真是独特,穿着雨靴就来了。说不定能掀起一股新潮流。听说过吗,有些男人只会对穿着塑料雨衣的女孩示爱?"

"没听说过。"我闷闷不乐地说,为自己的孤陋寡闻感到羞愧。

他说:"说说你自己吧。"我突然就感觉和他在一起很自在,不知道为什么。他和我认识的任何人都不一样。他的脸长长的,脸色灰白,让我想到了每个星期天在教堂看到的圣徒的脸,那是用灰白色的石头雕刻出来的。

"你是谁?做什么工作?"他问。但他看得出来我很害羞,便开始说他自己。他说来到这里是因为在格拉夫顿街碰到了托德,是托德把他拉来的。

"我是来看景的,不是为了喝酒。"他说着环顾四周,视线滑过鎏金墙托座、天鹅绒窗帘,又看向一位个子高高的女人。她相貌严肃,戴着黑色耳环,一个人站在窗户旁。我多希望自己能说点什么有趣的话。

"白葡萄酒和红葡萄酒有什么区别?"我问。他没在喝酒。

"一个是白的,一个是红的。"他哈哈大笑。

但这时芭芭过来了,戴着她的白色手笼,手里还拿着一把薯片。

"悲伤玛丽是不是跟你说了一大堆她的悲惨童年往事?"芭芭指的是我。

"所有故事,从最开始说起的。"他说。

芭芭皱了一下眉头,随即哈哈假笑了几声,手在眼前上下晃动了几下。她问:"这是什么?"她比画了三次,但尤金猜不出来。

"过眼——牛奶——国宴牛奶。哈——哈——哈!"她告诉尤金,自己负责《女士之夜》里《孤独的心》专栏,经常会读到一些非常滑稽的来信。

"就在昨天,"芭芭说,"我收到一封来自巴林纳斯洛的一个可怜女人的信,信上说:'亲爱的女士,我丈夫老要在星期天晚上和我做爱,但我觉得很为难,因为星期一我要洗一大堆衣服,累得要命。我要怎么做才能不伤害我丈夫的感情?'"

"我告诉这位来自巴林纳斯洛的太太,那就星期二再洗吧。"芭芭说。她伸出小手一挥,表示她是如何快刀斩乱麻地处理这些生活中的小问题的。尤金笑了起来。

"芭芭很有趣啊。"尤金对我说,脸上仍然带着笑意。

好像我应该感到高兴似的!这明明是我的笑话。一天,我在牙科医院补牙,等了两个小时,在等待的时候翻一本杂志看到了这个笑话。我回去告诉了芭芭,之后她见谁都会讲这个笑话。过去的一年里,芭芭聪明了不少,能说出很多不同种类的葡萄酒,还学了击剑。她说击剑班里的女人全都穿着裤装,还都邀请她去家里喝一杯热可可。

这时托德过来了,手里晃动着一个空杯子。

"酒喝完了,要不咱们换个地方吧?"他对尤金说。

"你认识的这两位都是好姑娘。"尤金说。芭芭哼起了歌:"善良的人儿,彬彬有礼,可是口袋里没有一分钱……"

"好啊,"尤金说,"咱们去吃饭吧。"

出门时,芭芭订了十二瓶莱茵白葡萄酒,吩咐送到乔安娜家,就是我们的房东那里,货到付款。她的意思是,品尝了酒,就得买点。我知道乔安娜一定会大发雷霆。

我们往出走时,尤金问:"乔安娜是谁?"我们向那位女记者和另外一两个人挥手告别。

"晚饭时我会告诉你的。"芭芭说。

我的手肘轻轻碰到了尤金的手肘,腿上划过一阵让人瘫软的酥麻,自和绅士先生分手之后,我就再也没有过这种感觉了。

2

我们在酒店吃晚餐。尤金给一个门童留了话,如果有人打电话找他,就来餐厅叫他。整个晚餐期间,我都坐立不安,祈愿有人给他打电话,他过去接,接完再回来。不用说,我猜一定会是个女人。

我们喝了清汤,吃了面包糠烤羊排和炸薯条。他吃得不多。他习惯把袖子拉下来盖住手腕,手腕和手上的汗毛很长。浓密的黑色汗毛。芭芭说个不停,我没怎么说话,因为看着他就不知道该怎么说话,一说话又不知道该怎么看他,难以平衡这两种快乐。他说,我的脸像一镑爱尔兰纸币上那个女孩的脸。

"一镑纸币在我手里从来就待不长,我都来不及好好看一眼。"芭芭说。

"下次好好看看。"他说。服务生过来了,给我们的杯子里添上了红酒。我很高兴,食物也很美味。

"盖老德[①]先生,盖老德先生。"一个门童喊着。我感

[①] 门童把"盖拉德"(Gaillard)说成了"盖老德"(Gay Lord)。

到心痛，但也解脱了。

"你的，你的，你的。"我对尤金说。芭芭踢了我一脚，让我别那么激动，像个傻子一样。尤金说了声抱歉，然后不慌不忙地走了出去。

从后面看，他挺帅气：高个子，身材清瘦，头顶尖尖秃了一块。

"真是魅力十足！"芭芭说。

"有钱！"托德补充了一句，还古怪地笑了笑。我感觉他是嫉妒了。

"值得考虑一下。"芭芭说。

"哈哈哈！"托德笑了，但从他那双小小的蓝眼睛里，我感觉到他似乎有些欲言又止。我突然有个想法，尤金可能已经订婚或者结婚了。

尤金回来了，我们尽量装作刚才没议论过他。

"非常抱歉，"他说，"但我必须先走一步了，要去机场送个人，是去美国的。事情很重要，不然我也不会就这么走了。"

我的心一沉，芭芭把刚舀满冰激凌的勺子放回了玻璃盘，好像听到她说了声"哦"。

托德站起来，一脸忧虑的样子，若有所思。我猜他是在担心得由他结账了。

"其实我也得走了，我家萨莉还等着我回家喝茶。"托德说这话的时候脖子都红了，"我送你去机场吧，正好顺路。"

我差点晕了过去,不会让我和芭芭结账吧,往后十年都得靠给人洗碗还债了。不过,还是尤金把账结了。

尤金和我们握了握手,道了歉,然后就走了,留下我和芭芭坐在那儿喝着咖啡就着酒。服务生似乎都很困惑,男的都走了,女的里面还有一个穿了双雨鞋,真是怪异的一桌人。

"天,我们的运气可真好。"他们离开后,芭芭说。

"我猜很多女的都要被他迷死了吧。"我说。

"真有格调。我想和他约会。"芭芭说。

但我只想知道,还会不会再见到他。

"咱们可以给他写信啊,"芭芭说,"你写,我签名。"

"信上说什么?"

"我怎么知道。"芭芭耸耸肩,看起了菜单。菜单最下方有一行字,写的是顾客如果愿意,可以去后厨检查。

"走,咱去玩玩。"芭芭说。

"不去。"我什么都不想做,只想坐在那儿,慢慢地喝咖啡,喝完再叫满脸困惑的服务生给我续上。我们还能再见到他吗?

"抓紧下手,"芭芭说,"我有个特绝的主意。"她的主意是我们买几张正装舞会的票,邀请他一起去,但跟他说这票没花钱,或者是抽奖抽到的。

"给你找个舞伴,托德,泥汉,或者其他什么人。"

泥汉是芭芭的一个朋友，他在布兰察斯镇驯灰狗，真名叫博迪·库尼汉，但我们叫他泥汉，因为他几乎从不洗澡，说洗澡会损伤皮肤。泥汉块头很大，膀大腰圆，一头黑色的鬈发，脸色红润，看着乐滋滋的。

我们按芭芭的计划行事。这一星期结束时（我领工资的时候），我们买了四张舞会的票，时间是10月，在克利里舞厅举行。我们问托德要了尤金的地址，给他写了封信。那星期我俩都没给乔安娜付房租。

我们焦急地等待他的回复，等回信终于到来时，我几乎要哭了。他在信里告诉芭芭，自己已经多年没有跳过舞了，在这样一个快乐的场合，他担心自己会扫大家的兴，非常委婉地拒绝了。

"完了，咱们完了。"芭芭把信递给我。尤金的笔迹很难辨认。

"唉，我的天！"我说。我比预想中更为失望。我把所有希望都寄托在那场舞会上了，希望能和他再见面。

"生活怎么会这样！"我说。现在，我们有票，但是没男人，没钱，没舞会礼服。

"说什么都得去，绝对不能把这几张票白白浪费了。"芭芭说。

"咱们没有皮草大衣。"我说。我们经常晚上去城里，看见人们盛装打扮去参加舞会，大多数女人都会在晚礼服长裙外面套一件皮草大衣或披一条皮草披肩。

"去达姆街的那个店里租两件就行了。"芭芭说。

"那多硌硬。"

"坐在这堆垃圾里,眼睁睁看着这四张破票扔壁炉上废了更硌硬。"

"我们没钱租礼服的。"我说,突然觉得很高兴,这不就轻松解决所有问题了吗?我对跳舞根本就没兴趣。

"把身体卖给外科医学院就行了!"芭芭说,"等你死了,医学院就会派人来收尸,医学生们把你放在桌子上,脱光衣服,卸成一块一块的。"

我说她肯定是在开玩笑,她说为了钱什么都可以干。

我想到了他,坐在豪宅里,全然不知自己给我们带来了多大的痛苦。我想象他家里的桌子应该是棕色的,桌面是真皮的,上面摆着无数钢笔、铅笔,还摆放着两瓶不同颜色的墨水,墨水瓶是别致的玻璃瓶。

"你可以在你打工的那个破地方偷点钱,他们给你的工资太低了。"芭芭说。

"那是一种罪!"

"那不是什么罪。阿奎那[①]都说了,如果老板给你开的工资少,就可以偷他的钱。"

"阿奎那是谁?"

[①] 即托马斯·阿奎那(约 1225—1274),生于意大利,中世纪欧洲最重要的哲学家和神学家之一,被基督教会奉为圣人。

"不知道,反正是教堂里的一个大人物。"

我们最后总算搞定了。东借西借最终凑了五镑十先令,租了长裙,还租了银色舞鞋。芭芭的是一条白色镂空长裙,我的是亮紫色。这是店里唯一一条我穿着合适的裙子。

憧憬着那晚的舞会,我们特别兴奋,买了半磅芳香浴晶,两人一起泡了个澡。洗完后,我用粉扑遮盖芭芭后背的雀斑,她也给我的后背扑了粉,帮我扣上后面的扣子。我简直都呼吸不过来了,裙子太紧了。

"嘀——嘀——"九点钟,泥汉的车在外面摁喇叭,我们往楼下走,下台阶时撩起裙摆,以免弄脏。泥汉开的是他那辆蓝色面包车,他带灰狗去看兽医或干别的事情时都开这辆车。车上闻到的正是那种生活的味道。

我们开车去接埃蒙·怀特,他是个药房学徒,今晚做我的舞伴。埃蒙算个不错的男孩,只是嘴里不停在说"真好玩""真好看""真有趣""真是好车"。

去舞会的路上,我们在北弗雷德里克街的一家酒吧停下来喝点东西。里面的顾客都盯着我和芭芭看,看我们身上穿着长长的旧礼服裙,肩上披着粗呢大衣。芭芭很难过,因为没有借到皮草。

"你喝什么?"泥汉拍着埃蒙的背问。

埃蒙戴着一枚圣心先锋戒酒协会的徽章,一定是从平时穿的西服上摘下来换到租来的黑西服领子上的。他说给他来杯番茄汁,泥汉一听便感觉受到了侮辱,芭芭说正好,为了弥补这个遗憾,就给我们要大杯的吧。

整个晚上,我大部分时间都在和埃蒙跳舞,因为他是我的舞伴。"真好玩,真好玩。"埃蒙不停地说。这是他第一次参加正式舞会。平滑的地板,粉色的灯光,两个乐队,天花板上垂下来的纸玫瑰,布置精美的晚宴桌,一切都让他啧啧赞个不停。我的裙子没有肩带,埃蒙热乎乎的粉红色双手好像整晚都在我背上放着。埃蒙有一头金黄色的头发,眼睫毛也是金黄色的,皮肤是粉红色的,让我想到了老家的小猪。

泥汉和他不一样。

"你是个高贵的女人。"后来我和泥汉跳舞时,他这么对我说。当时我穿着租来的银光闪闪的鞋子,心里在想以后不知有没有机会和尤金·盖拉德跳一曲华尔兹。他没能来,我很高兴,不然他就会看到我穿着这件傻乎乎、灰扑扑的长裙,嘴里还说着蠢话逗别人开心。

晚饭我们喝了酒,和平时一样,泥汉又喝多了,开始耍酒疯,大喊大叫起来。他把菜单卷成一个筒,凑在嘴边吼叫:"起来,爱尔兰共和国!起来,诺埃尔·布朗[①]!起

---

① 诺埃尔·布朗(1915—1997),爱尔兰政治家,曾任爱尔兰国家进步民主党领导人。

来,卡斯特罗[①]!起来,我自己!"

埃蒙吓坏了,起身离开了,再也没有回来。他是戒酒协会的,不能理解为什么酒能在人身上激发出这么快乐的疯狂。

两点钟的时候,所有人都欢快得不得了,乐队的乐手们也在场子里扔起了纸帽子,我和芭芭要把泥汉送回家。泥汉喝得酩酊大醉,开不了车,我们只好把他的蓝面包车留在那儿,打了辆出租车。但我们不知道他家在哪儿。有意思,认识他一年了,却不知道他住哪儿。都柏林就是这样一个地方。我们知道他常去的酒吧,却不知道他家在哪儿,只好把他带回我们自己家,拖到乔安娜家会客室的马鬃沙发上。

"芭芭,凯瑟琳,告诉你们一件事啊,你俩,高贵的女人,两个高贵的女人。帕内尔[②]是骄傲的男人,骄傲地阔步前进,骄傲的人,那就是可爱的人,酒瓶传过去。再喝点吧,服务员,服务员……"他拿着一张一镑的纸币在空中挥舞,以为自己还在舞会上。

"睡会儿吧。"芭芭说着关了灯。泥汉的声音也随着灯光的熄灭低了下去,不到一分钟,就传来沉重的呼吸声。我们知道六点半就得起来把泥汉弄出去,到七点,

---

[①] 菲德尔·卡斯特罗(1926—2016),古巴政治家、军事家、革命领袖。
[②] 查尔斯·帕内尔(1846—1891),爱尔兰民族主义领袖。

乔安娜的闹钟就响了。

"只能睡三小时了。"芭芭说着,一边把我裙子后面的搭扣解开,帮我把裙子脱了下来。带撑托的新胸罩在我身上勒出了两道红印。

"这得索赔了。"芭芭看见我那两道红印说。我们连脸都没洗就上了床,等醒来的时候,感觉脸上的粉就像糊了一层泥一样。

"哦,天哪!"我赶紧叫芭芭,因为听见泥汉正在楼下喊:"姑娘们,姑娘们,没男厕所啊,什么服务都没有——让我去哪儿?"

我俩赶紧跑到楼梯口让他闭嘴,但是乔安娜已经早一步出来了。

泥汉看见乔安娜从楼上朝他冲下去,乔安娜身上穿着宽大的红睡袍,一头灰白的头发编成辫子搭在背后。

"小偷!小偷!"乔安娜大叫起来,我们还没反应过来,她就按下了灭火器按钮,启动了安在楼梯顶端那面墙上的小灭火器,液体对准泥汉喷了下来。

"我要报警!"乔安娜喊叫着,泥汉拼命解释,但他说的话别人根本就听不见。

"关掉那破玩意儿,他是我们的朋友。"芭芭说着往楼下跑了起来。

泥汉全身都糊上了一层黏糊糊的白色液体,看着像洗发水一样。他的衬衣湿透了,头发也湿透了,油乎乎地打着卷从脸上垂下来。

"他是我们的朋友,"芭芭沮丧地说,"天主保佑我们不受朋友的伤害。"

"你把这人叫朋友,啊?"乔安娜说。泥汉抓住栏杆,打算往楼上走。乔安娜挡住了路。

"我要去见个人,说说狗的事。"泥汉说着,掏出手帕擦着脸上的液体。

"什么狗?我没有狗,听见没有?"乔安娜大声喊,但泥汉推开她继续往楼上走。

"古斯塔夫!古斯塔夫!"乔安娜大喊,但我知道怯懦的古斯塔夫肯定不会出来。

"耶稣第一次倒下啦①。"泥汉被棕色油毡上的一个裂口绊倒了,倒下去的时候还唱了这么一句。

芭芭跑过去把他拽了起来。我们把他带到卫生间,擦掉了他头上和脸上的东西。

"那老娘儿们是谁?什么人啊?"泥汉说着,照了照卫生间的镜子,看见自己两眼红肿,眼神疯狂,油腻的头发打着卷,咧嘴笑了。

"看看我这下巴的轮廓,芭芭,凯瑟琳,看啊。我本来可以当个电影明星,或者当个拳击手。"他说,"我和杰

---

① 出处同上一条注,苦路的第三处。

克·多伊尔①，还有一个茉薇塔②。'哦！茉薇塔，哦！茉薇塔！你脸上带着神秘的笑……'那个老娘们儿是谁……"

乔安娜啪啪地拍着卫生间的门。"离开我的房子。我可是在奥地利的好人家长大的，我的哥哥们不是医生就是公务员。"

"舞会？"泥汉说。

"你说的是什么舞会？"

芭芭把一条白毛巾塞进他嘴里，让他闭嘴，但他含着毛巾含混地哼着："圣女维罗妮卡擦着耶稣的脸③……"

"来吧来吧，我们一路跳着舞走过去。"芭芭说，她总算想办法把泥汉弄出了房子，让他去了公交车站。这时候，已经七点半了。

乔安娜在煤气炉上的锅里发现了十二个鸡蛋，显然是泥汉煮的，水已经烧干了。看到锅底烧焦了，乔安娜的火气又爆发了。

"你们今天就从我房子里搬走！"乔安娜说，"我这么好的锅，最好的锅啊。整整一打土鸡蛋，是给古斯塔夫

---

① 杰克·多伊尔（1913—1978），爱尔兰著名拳击手、歌手、演员。
② 茉薇塔·卡斯塔涅达（1916—2015），美国女演员，杰克·多伊尔的前妻。
③ 苦路的第六处，犹太女人维罗妮卡用手巾（一说衣服）为耶稣擦拭脸上的血汗。

做蛋酒的呀！还有我的灭火器。我的钱不是这么浪费的。告诉你们，要是成了穷光蛋，还不如死了算了。"她端起那锅煮成了焦黑色的鸡蛋给我们看，快要哭出来了。

"好啊，我们这就走。"芭芭说。她转身就要上楼，乔安娜一把拉住她晨衣的带子。

"你们不能离开我，对吧？我像个妈妈一样，对你们这么好①，给你们缝衣服，给你们熨衣服。"

"我们马上就走。"芭芭说。

"别这样啊。"乔安娜的眼睛里已经有了泪水。

"我们再想想吧。"芭芭说。这时乔安娜看见芭芭正对我挤眼睛，立刻明白我们不会走了，于是又开始骂骂咧咧了。

我只想回去再睡一觉。但是，早晨已经来了，我必须收拾好，去面对这一天。

---

① 此处原文为德语"gut"。

3

幸运的是，这一天是星期三，商店按惯例下午关门。

我带上裙子和鞋，去租衣服的店里还了，又去取了上星期三一个街头摄影师给我拍的照片。睡眠太少，喝的东西又乱七八糟，我浑身疲倦，精神紧张。真希望我是个有钱人，能喝一下午的咖啡，或买几件新衣服让自己高兴起来。

和往常一样，我去了道森街尽头的那家书店，每星期可以免费看一会儿书。我读了二十八页《女佣的女儿》，没有人来打扰，读完后出了书店。我和芭芭约好在奥康奈尔街碰头。

沿书店的石阶往下走时，我与他撞了个正着。在他发现我之前，我立马就看见了他，错愕得差点要逃走。

"哦，是你！"他一抬头，惊讶地说。他一定是想不起我的名字了。

"盖拉德先生，你好！"我说，尽量不让自己的激动表露出来。白天他看起来和那晚不太一样，脸更长一点，也更忧郁。是突然的阵雨让我们再次相遇。他进门廊里躲雨，我也进来和他站在一起。只是和他挨得这么近，我的身体就绵软无力，他身上带着一种好闻的味道。我盯着脚上那双可笑的白鞋。长长的鞋头，淋了雨，穿得又久，都已经发黑了。

"这些天都在忙什么，除了去舞会外？"他问。

"对，昨晚我们去了，特别好，乐队、晚餐、所有东西都特棒。"天哪，我心想，我简直乏味透顶，为什么我就说不出让人激动的话？为什么我就不能告诉他我对他的感觉？

"雨水在褐色的人行道上闪烁。"我突然能言善辩起来，真不是时候。

"闪烁？"他说，然后饶有趣味地笑了。

"是的，这个词挺好的。"

"确实。"他点点头。我想他一定觉得很无聊，我暗自祈祷来一场暴雨吧，这样我们就必须一直待在一起了。我想象雨水一点一点地往上升，淹没马路，淹没人行道，漫上台阶，漫上了我们的脚踝、大腿、整个身体，推着我们靠在一起，就像梦中一样，和生活中其他的一切都隔绝开来。

"要下得更大了。"我指着远处黑压压的一团乌云，都柏林越来越暗了。

"只是阵雨而已。"他说，我疯狂的希望破灭了，"去喝杯茶怎么样？想喝茶吗？"他问。

"我愿意啊。"于是，我们在雨中穿过马路，去了一家茶馆。

聊了什么我已经想不起来了，只记得幸福让我说不出话来，我感觉是天主或者是什么冥冥之中的力量让我们再次相遇。我吃了三块蛋糕，他让我再吃一块，我拒绝了，担心会看起来太粗野。这时他问了我的名字。所以，他确实忘了我的名字。

"说一说，你都看什么书？"他问。我一看向他的眼睛，他就习惯性地微笑起来，他的眼神忧伤，但微笑很和善。

"契诃夫、詹姆斯·乔伊斯、詹姆斯·斯蒂芬，还有……"我突然停下来，意识到他可能会觉得我在卖弄。

"哪天我一定要借给你一本书。"他说。

哪天是哪天呢？我心想，眼睛看着他杯底的几片茶叶。我又给他倒了一杯茶，这次用了服务生这会儿才拿来的茶滤。茶水透过细密的滤网一滴一滴地往下滴。

"咳，可真是个摆设。"他说，我们便没有用茶滤，把它放到了一边的盘子里。

我知道芭芭在等我，我该去找她了，但就是站不起身来离开他。我喜欢他长长的脸、忧伤的神情，还有有力的双手。

"我常想，像你们这样的年轻女孩心里都在想什么。

你呢,你心里常想些什么?"他盯着我看了一会儿后问。

我想你,我心想,脸有点发烫。但对他,我很乏味也很蠢地说:"我实际上也没什么好想的。我想的是买新衣服、度假,或者午饭吃什么,就这些事情。"

现在想起来,他当时叹了口气,我傻笑了几声以掩饰自己的尴尬,然后告诉他,有的女孩想的是怎么嫁给有钱人,我认识的一个女孩成天只想着保养头发,每晚都要洗头,每星期都会量一下长了多少,头发现在已经垂到半腰了,像一条金色披肩一样,但这也没能带给她多少快乐,因为她在这上面操的心太多了。

"你一般去哪儿度假?"他问。我叹了口气,因为我盼望的度假方式就是待在一个酒店里,在床上吃早餐。我从来没有在床上吃过早餐,除了在修道院时有过一两次,那还是因为病了,而且要在吃早饭前喝下一杯滚烫的番泻叶泻剂。玛格丽特嬷嬷会站在床边,看着你喝掉番泻叶,并告诉你,这药不光对你的身体有益,还有益于你的灵魂。

"我一般会回家。"

"家在哪儿?"

我告诉了他。

父亲已经从门房搬回家里住了,姨妈现在也住在我家。我尽量把家描述得好一些。

"你喜欢你家吗?"

"家里有很多树。那里很偏僻。"

"我喜欢树,"他说,"我一直在种树——现在有几千棵了。"

"这么多?"我说。我感觉他在吹嘘,我不喜欢吹嘘。

他看了看表,没有办法的,他肯定得走。

"抱歉,我约了四点要见个人。"

"对不起,耽搁你的事了。"我们站起来时,我对他说。他付了账,从门后面的红木帽架上取下他的灯芯绒帽子。

"谢谢你,很高兴遇到你。"我们站在石阶上时他说。我对他表示了感谢,他抬了抬帽檐,然后就走开了。我看着他逐渐走远。我把他看作一位黑面之神,转身弃我而去。我伸出手想唤回他,抓住的却只是雨。我觉得雨会无声无息地永远下下去。公交车上挤满了人,已经过五点了,我晚到了一个小时,芭芭火冒三丈。

"磨磨叽叽的,白痴。"芭芭说。我没说刚才碰到他的事。

我们喝了杯咖啡,过了一会儿,约好的泥汉也来了,我们又喝了杯咖啡。泥汉为之前发生的一切道了歉,给了我们五镑钱以补偿舞会的门票,然后打了辆出租车把我们带到了哈罗德十字区的赛狗场。

接下去的星期三,我又去了道森街,在书店门口站了两个小时,但是尤金·盖拉德并没有来。下一个星期三，他还是没有来。再下一个星期三，仍然如此。

　　我等了四个星期，一直在周围转悠，期待能看到他的身影，看到他羊羔毛领的黑色长大衣。我想象他正坐在罗伯特咖啡馆，看着黑发女孩们。他说过，他喜欢黑头发、黑眼睛和非常白皙的皮肤。他说这样的相貌里有一种宁静的感觉，他很喜欢。我也坐在罗伯特咖啡馆里，想他。那天他没吃土豆，吃饭的时候喝的是水，于是我也在吃饭的时候喝水。乔安娜家的自来水永远都不是你想象中那种清凉闪亮的，但做他做过的事情让我感觉非常好。

　　我在周围转着，等待着，坚信一定能遇见他，这种狂执的希望让我精神振奋。我几乎能闻到他的味道，看到他手背上黑色的汗毛，看到他傲然的步伐。但是，整整一个月过去了，我没有遇到他。一次，我看见他的车在莫尔斯沃思街上停着，我在一家关着门的毛线店门口等了好久好久，后来饿得等不下去了，只好回了家。第二天，我给他写了一封信，邀请他下一个星期三和我一起喝茶。

　　一星期过去了，我走到饭馆门口，感到无地自容。他已经在里面了，坐在靠近门口的一张桌子前，正看着报纸。

　　"凯瑟琳。"我进门的时候他叫我。这是他第一次叫我的名字。

"你好。"我说。我有些发抖，想着要不要为写信邀请他而道歉。我坐了下来，身上穿着旧大衣，脖子上围了一条新的蓝丝巾。

"大衣脱下来吧。"他说。我滑下大衣，让它搭在椅背上。

"我总是想不起来你有多漂亮，但一看见你就知道了。"他仔细地看着我的脸说，"风华正茂啊，我喜欢你的脸蛋，像北环路自行车赛车手的脸。"

我的脸颊总是红红的，不管用多少粉都遮不住。他点了三明治、蛋糕、司康饼，还有饼干。我很忐忑，担心得由我来买单，因为是我邀请的他，但我钱包里只有十先令。他一只手肘支在桌子上，手握拳撑着下巴。他的眼睛歇息时，眼皮会稍稍垂下来，等眼皮再抬起来时，棕色的眼睛会睁得大大的，这时他眼里含着的温柔令人惊讶。他面容坚毅，神色威严，眼神里却充满了慈悲。

"呃，"他说，抬起头微笑着看着我，"现在我们坐在这儿了。"他下巴上有一点干了的血迹，是刮胡子的时候划到了。

"希望你不介意。"我说。

"不会，不会介意。其实我挺高兴的，过去的几个星期里我时不时就会想起你。"

"五个。"我急忙说。

"五个什么？"

"五个星期。你认识我五个星期了。"他笑了,问我是不是还记日记了。我心想,他真是个狡猾的人。

"说说你的社交生活吧?"他说。我咬了一口千层派,舔了舔嘴唇。

"我就觉得我会和你交往。"我直说了。

"我知道,但是……"他不往下说了,手里摆弄着糖钳,"你知道,这事很难。我会很坦诚的,我不想卷进来。也许出于我天生的清教徒一样的谨慎吧,你和芭芭都是很好的女孩,我这个年龄,应该知道什么事情不该做。"

这里没有芭芭的事,我想,于是对他说:"你说的'卷进来'是什么意思?"我的声音哽住了,心脏剧烈地跳动起来。

"你是个好女孩。"他说着把手伸过来,轻轻抚摸着我的手腕,我问他能不能过一段时间就一起喝次茶。

"我们现在就在喝茶。"他说着朝银壶点点头,"我们还可以吃饭的。"

"吃饭!"

"吃饭!"他模仿着我惊讶得几乎喘不过气来的语气。

那天,我们一起吃了晚饭,然后把车开到了克隆塔夫,沿着牛墙慢慢地走。这是11月里一个温和的夜晚,雾气蒙蒙。他拉着我的手,没有紧握我的手指,也没有把我的手指和他的交叉在一起,只是那样很自然地握在他手里，就像你握着一个孩子的手，或妈妈的手。

他说起美国，他在那里生活了好多年，在纽约和好莱坞都住过。

海面平静，波浪安静地拍打着礁石，空气中弥漫着强烈的、不好闻的海风味道。我搞不清这会儿是在退潮还是在涨潮，刚开始往往是很难判断的。

"是在退潮。"他说。我相信他，他说什么我都相信。

我们沿着水泥码头散步，一起分享着一支烟。远处的海上传来了雾笛的鸣声，海港上的灯光连成了一条线，像一条闪亮的项链一样蜿蜒着，伸向迷雾之外。灯塔一闪一闪地向四面八方发送信号。我喜欢看它有节奏地一明一暗，向远处漂浮在孤独海面上的船只闪着信号。我想到，在这个世界上，所有人都在等着其他人向他们走来。终于有这么一次，我不再感到孤独，因为我正和想要在一起的人待在一起。我们一直走到码头的尽头，看着礁石，看着水面，看着海草缠绕在所有东西上面。他说起了另一片海，遥远的太平洋。

"以前在洛杉矶，工作日忙得喘不过气时，我就开车到海边去。加州的天总是特别蓝，刺眼的蓝，人行道晒得滚烫，一张张晒得黝黑的脸上充满捕食的欲望，热切地低吼着他们没有意义的梦想。我喜欢下雨，喜欢僻静……"他静静地说着，一直在打着手势。我只能看到他脸的轮廓，在月光和我们俩一起抽的那支过滤烟闪烁的亮光下显得发绿的脸。

"你开车去的吗?"我问,盼望着他会不经意间,或有意地,透露出一些和他个人生活相关的事情。

"我把车开到那儿,走在太平洋辽阔的白沙滩上,海岸线很柔和,一边是焦油,另一边是钻油塔。我踢着空啤酒罐,想要回家。"

我觉得很奇怪,在他的这些回忆中,没有其他人,只有他。他的描述中只有那个地方、白沙滩、空啤酒罐,还有路边成熟的、要坏掉的橙子。

"你说起那些地方的时候,好像只有你一个人在。"我说。

"是的,我天生就是个出家人。"

"可你不信天主教。"我立刻说。

他大笑起来,海浪哗哗地冲刷着海滩,几块大石头间有两个人在做爱,正急促地呼吸着。不知为什么,在这些声音中听到他的笑声,让人有些不安。他说天主教徒是地球上最固执的人,还说他们那种自我狂热让他感到恐惧。

在码头的尽头,我们看着脚下的水轻轻拍打着水泥墙。他告诉我,他小时候获得过不少游泳比赛的奖牌和奖杯。他大部分时间都住在都柏林,和母亲住在一起,十二三岁的时候就出去工作了。在他还是个孩子的时候,父亲就离开了他们。当时还是小男孩的他常常在海滩上爬梳沙子，找小东西。

"我常能找到硬币，"他说，"我总是这么幸运，总能发现一些东西。我甚至发现了你，长着狐猴一样的大眼睛的你。你知道狐猴是什么吗？"

"嗯。"我撒了个谎，担心他会问下去，赶紧岔到了别的话题上。

开车送我回家的路上，他说："很长时间没有和这么好的一个女孩度过夜晚了。"

"还有呢？"我看着他线条分明的脸庞问，想听他说说曾和他在一起的所有女人，她们用什么香水，聊什么话题，他们是怎么结束的。他说二十五岁之前，他一直在各种行当里当学徒——电影院放映员、花园园丁、电工，没什么钱，对女孩子只能看看，就像欣赏美丽的花，或者在邓莱里港看船一样。

"是真的。"他转过来微笑着对我说。

这是个温暖的笑容，我向他靠过去，脸颊碰到了他毛茸茸的灰色外套。

那晚，他没有吻我。

4

那天之后,我们每星期都有三个晚上会见面。不见面的时候,他就给我寄明信片,后来变成了写信。他叫我凯特,说凯瑟琳听起来太"基尔塔坦",他不喜欢,也不知道那是什么意思。

每星期一、三、六,他都会在商店外面坐在车里等我。每次我一靠近他,都会感觉到一种奇妙的幸福感,会忍不住颤抖起来。一天晚上,他住在哈考特街上的一家酒店里,计划好第二天午饭时间和我见面,给我买件大衣。圣诞节快要到了,我的那件旧绿大衣已经很寒碜了。他给我买了一件灰色裙摆式羊羔毛大衣,带着红色绒毛领子。

"我现在离不开你了。"他说。我在店里转来转去,他在后面看这件大衣怎么样。我希望他别看得太仔细了,我走路的姿势比较僵硬,被人注视着就更不会走了。

"很合适。"他说。但我觉得有点显胖。

我们买下了这件大衣。我让售货员把我的旧大衣包了起来。售货员非常时尚,头发染成了月光色,穿着一套紫罗兰色店服,扣子一直扣到了下巴。他还给我买了六双长筒袜,店里又额外送了一双作为赠品。他说只是因为我们买得起六双就又免费得到一双,这样不道德,但我很高兴。

我想起了妈妈,想到她会有多喜欢这里。我知道,如果她有机会,一定会从香农湖底冰冷的坟墓里出来捡这个大便宜。我十四岁的时候,妈妈淹死在了香农湖里。我时常会有负罪感,因为我和他在一起这么快乐,但我很少见过妈妈快乐或者笑起来的样子。在这家豪华时尚的商店里,我想起了妈妈。她淹死几星期前的一天,带我去利默里克购了一天的物。她攒了好几星期的鸡蛋钱,我们虽然有不少田地,但从来没有过多少现金。爸爸酗酒成性,总是欠着债。妈妈还把几只老母鸡卖给了一个来收羽毛和杂物的人。在利默里克,她买了一支口红。我记得她在手背上试了很多颜色,考虑了很久很久才决定买哪支。那是一支泛着橙色的口红,装在一个黑金色的小盒子里。

"我母亲去世了。"等着找钱的时候,我对他说。我想告诉他关于妈妈的一些事情,能描述出她在生活里所做的那些平常的牺牲:她因为长期提鸡食桶,肩膀永远变成一边高一边低,她总会在我枕头下放一块巧克力,让我在受到父亲或狂风的惊吓时可以躲在床上吃。

"你可怜的母亲,"他说,"她一定是个善良的人。"

我们在一家离商店比较远的餐馆吃午饭,我担心一会儿回去上班会迟到。

我们走进一条石头路面的狭窄小巷去取车,他走在我后面说:"你穿着这件外套像安娜·卡列尼娜。"

我想这个安娜一定是他的某个女朋友,要不就是个女演员。

往回开的路上,我很鲁莽地问:"今晚你要不要来喝茶,来我住的地方?"芭芭一直缠着让我邀请他到家里来,这样她就可以和他打情骂俏了。

他说可以,我们说定了七点见。

我急匆匆地往店里赶,他在后面笑着喊我,让我小心点新衣服。我向他飞了个吻。

"你的屁股越长越大了。"他在我身后大声说,我差点晕了过去。店门口有顾客在等,都听到了他说的话。

趁伯恩斯太太没注意,我给乔安娜写了个字条,问晚上喝茶时能不能搭配一些特别的点心。这是个星期五,每个星期五我们都是用卷布丁配茶。每星期固定的连续几天,我们都吃同样的东西,乔安娜把这称为她的"新体系"。

威利把字条送到了乔安娜家,回来后用他冻得发青、饿得发白的嘴唇带了话:我的上帝啊,我可不会为这个有钱男人花钱弄任何奢侈品。

我在隔了两家的烘焙店给乔安娜买了个蛋糕。这个蛋糕挺贵的，上面撒着椰丝。我把蛋糕送了回去，还另带了一袋饼干、一罐蔓越橘酱样品。威利回来报告说，乔安娜把蛋糕放在一个罐子里了，这意味着她要收起来等圣诞节再吃。整个下午，我的心脏都在怦怦地跳，激动不已。又快乐，又焦虑。我还找错了两次钱，伯恩斯太太问我是不是倒霉期来了。最后，我因为情绪太过紧张，甚至都希望他最好别来了。他的脸一直在我眼前出现，他严肃的眼神，还有他太阳穴边凸起的青筋。然后我又开始恐慌了，怕他一旦看到我住的地方是什么样，就再也不会约我出去了。

乔安娜的房子很干净，但也很破旧。那是一座砖结构的联排房子，里面从上到下铺着油毡。乔安娜在楼下的门厅放了一块垫子（很便宜买来的）。家具都是深色的，很笨重，前厅里塞满了瓷狗、装饰品和其他各种各样的小玩意儿。钢琴上摆着一盆绿色塑料植物。

我回去时，芭芭已经在家了，还全副武装地打扮了一番。一定是乔安娜告诉了她尤金要来的事。芭芭穿了条格子裤，粗线开衫前后反着穿。深V领和扣子都穿在了背后。

我进门时听见乔安娜说："姑娘们穿着带尖跟的鞋把地板都划坏了。"

我们的细高跟鞋在油毡上划出了印痕。

"我没别的鞋。"芭芭用她一贯的厚脸皮腔调无所谓地说。

"我的上帝啊,楼上到处都是你们的鞋,床底下、梳妆台下面,除了鞋还是鞋,全都是鞋,鞋,鞋!"

她们都注意到了我的新大衣。

"哪儿搞来的?"芭芭问。

"新大衣哦,羊羔毛的!"乔安娜说。她摩挲着袖口,说:"有钱啊,你是个有钱姑娘啊。自从我九年前离开我的国家,就再也没有过新大衣了。"她举起九根手指头,好像我听不懂数字似的,"把你的旧大衣给我,好吧?"她朝我咧嘴一笑。

"茶点吃什么?"我问。我是一路骑自行车赶回来的,胸腔都感觉到痛了。他随时都有可能进门。

"你还问我茶点吃什么!你知道茶点吃什么!"乔安娜说。

"可是乔安娜,我跟你说,他非常特别,非常有钱,总之非常不一样。他认识电影明星,还遇到过大明星琼·克劳馥[1]。哎呀,乔安娜,求求你了!"我夸大其词,试图打动她。

"有钱!"乔安娜说,嘴里强调着"r[2]"这个发音,那

---

[1] 琼·克劳馥(1904—1977),美国著名女演员。
[2] 英文"有钱"(rich)的首字母。

是她最喜欢的词语,她唯一了解的诗歌。

"我告诉你哦,我是没有钱,我是个穷女人。可我是好人家里出来的,非常受人尊敬的奥地利家庭,我是从我自己的国家被赶出来的。"

"他也是从那里来的。"我说,希望能打动她。

"哪里?"她问,好像我刚刚侮辱了她。

"巴伐利亚,还是罗马尼亚,还是别的什么地方。"我说。

"他是犹太人,对吗?"她的眼睛眯了起来,"我不喜欢犹太人,他们都有点吝啬。"

"不知道他是不是,但他肯定不是个吝啬的人,真的。"我说。我几乎要告诉他我的新大衣就是他买的了。

芭芭的推理速度很快,立刻就唱起了"你从哪里得到的那件外套",用的是《你从哪里得到的那顶帽子》那首歌的曲调。

"父亲给我寄了钱。"我撒了个谎。

"你家老头自己都在救济院!"芭芭没穿胸罩,透过白毛衣都能看到她乳头的形状。

"吃什么茶点啊?"我又问了一次。

"卷布丁呀。"芭芭说。门铃突然响了,和芭芭尖亮的声音撞到了一起。我赶紧跑到楼上去扑点粉。

芭芭开门让他进来。

我换上了一件浅蓝色的裙子,浅色的衣服很衬我。

裙子上有银色的水晶图案,像雪花飘落在上面,领口比较低。这是件夏装,但我想为他好好打扮一下。

我站在餐厅门口,搓了搓胳膊上的鸡皮疙瘩,停了一下,听听她们和尤金说什么。我听到了他低沉的声音,还听到芭芭已经直接用名字称呼他了。我很别扭地走了进去。

"你好!"他站起来和我握手。芭芭挨着他坐,一只胳膊搭在他的椅子靠背上。低矮的天花板显得他的身形更为高大,小小的房子让我感觉很是羞愧。有他坐在这里,房子看起来更加破旧。蕾丝窗帘让烟熏得灰扑扑的,边柜上放的那几只笑眯眯的瓷狗看起来呆头呆脑。

"你找到这里没费劲吧?"我问,尽量装出落落大方的样子。很好笑,在自己家里见他反倒更加害羞了。在外面,我是可以和他聊天的,但在这里,我却为某些东西感到羞愧。

乔安娜端着卷布丁进来了,卷布丁用平纹细布包着,放在盘子里。

"我的上帝啊,太、太烫了。"乔安娜说着把盘子放到一沓自己做的餐垫上,餐垫是古斯塔夫用剩下来的油毡剪的。乔安娜把湿布打开。

"热腾腾的。"芭芭对尤金说,朝他挤了挤眼。白白的布丁看起来油腻腻的,让我联想到了尸体。

"我自己的,自己做的。"乔安娜自豪地说。她把布丁切成小块，刀切下去时，热山莓酱流到了盘子里。乔安娜把流出来的酱又舀起来抹到每一块布丁上。

"给我新来的好客人的。"乔安娜说着把第一块给了尤金。尤金摆摆手，说自己从来不吃糕点。

"不，不，不是糕点。"乔安娜说，"特别好的奥地利配方。"

"山莓酱的籽会塞牙缝。"尤金半开玩笑地说。

"那可以把牙取出来，呃？"乔安娜建议他。

"那是我自己的牙齿。"尤金笑了，"咱们就喝茶吧？"

"你不吃我做的东西啊。"乔安娜可怜的脸看上去像受到了伤害，咧嘴朝他努力傻笑着。

"是消化问题。"他解释说，"我腹部有个孔，在这儿。"他用手在黑色套头毛衣外面拍了拍腹部中间的地方。之前他请示过乔安娜可不可以把自己的外套脱掉，这件黑毛衣非常适合他，让他有一种圣徒般的清癯气质。

"是便秘吗？"乔安娜问，"我从自己国家带来的那个袋子还在楼上呢，叫什么来着，灌肠剂？"

"我的天哪！"芭芭说，"让他先喝茶行不行。"

"只是疼痛而已，"尤金说，"焦虑……"

"焦虑！不是有钱人吗？"乔安娜说，"有钱人还有什么可焦虑的？"

"整个世界。"他说。

"整个世界！"乔安娜大声喊，"我觉得，你是不是有点疯了。"说完担心有点越界了,又说,"可怜的腹痛,太可怕了,可怜的人哪。"她摸了摸尤金头顶有点秃的那个部位,轻轻拍了拍,好像尤金是她从小就认识的老熟人。不到一分钟,乔安娜就拿来一堆东西:莳萝泡菜、萨拉米香肠、黑橄榄、熏火腿,还有一盘自己做的杏仁饼干。

"哇!太棒了!"芭芭娇滴滴地说着,拿起一颗黑橄榄,两根手指捏着亲了一下。

"哦,错了。"乔安娜说着把黑橄榄拿了回去,"这些是专门给尤金先生的。"

"做得对,乔安娜,咱们外国人就是要团结在一起。"尤金说。但乔安娜刚走开去泡茶,他就给我们每人做了个火腿三明治。

"以前我为什么会以为女孩们都吃得很精致呢?"他看着果酱盘子说,这句话让芭芭笑得停不下来。芭芭现在又发明了一种新的大笑法。

她转向尤金说:"没有什么比一个文明绅士更让我喜欢的了。"

尤金坐着向她欠了欠身,微笑着看着她。

那晚,芭芭看起来是那么光彩夺目,她精致的小脸、小麦色的皮肤,不大的眼睛里闪耀着神采和机敏。她会让你想到一只正要从一个地方飞往另一个地方的小鸟。她的思维也很敏捷,而且让人感觉她时时活力十足。

"我曾经认识一个女孩,和你非常像。"尤金对芭芭说,芭芭只是笑着。

"特别好,最好的茶来了。"乔安娜说着进来了,端着银色茶壶和一个有凹坑的锡热水壶。

"好吧?不错吧?"乔安娜问。尤金端起杯子还没来得及喝一口。

"叹为观止。"他说。

尤金问起乔安娜的国家和家庭,问她是不是还打算回去。乔安娜又絮絮叨叨地说起她的哥哥们、她的好家庭,还有那些我和芭芭已经听过五千遍的长长的往事。

"把威士忌打开。"芭芭努努下巴对我说,示意尤金带来的那瓶酒。

"等她开始愁肠百结那一段时,她会打开的。"我说。

乔安娜忙着说话,没听到我们说什么。

"她现在到了愁肠百结的高峰了,已经过了她两岁、哥哥四岁时懒虫哥哥给她换尿布那一段。"芭芭说。

"我的哥哥们有一晚请我去看歌剧……"乔安娜继续唠叨。芭芭碰了碰她的胳膊,指着酒说:"给这个人来杯酒。"

乔安娜的脸拉了下来,看起来不太明白的样子,她问:"你喜欢喝茶,对吗?"

"是的,我其实不喝酒。"他说。

"有智慧的人,我喜欢你。"乔安娜高兴得笑了,芭芭大声叹了口气。

"千万别和一个爱尔兰店员姑娘结婚,"乔安娜说,"一定要娶一个你自己国家的人,娶一位女伯爵。"乔安娜这个蠢女人,以为我不会介意她这么说。我用烟头烫了一下她胳膊上的汗毛。

"我的上帝啊,你烧到我了。"她一下子跳了起来。

"对不起。"

这时另一个房客吉安尼进来了,乔安娜忙着把尤金介绍给吉安尼,混乱中我不需要再进一步道歉了。

乔安娜站起来给吉安尼拿茶杯和茶碟,顺手把酒藏在瓷狗后面。

"我就知道。"芭芭说,然后给自己倒了杯冷茶。

"抱歉。"吉安尼用意大利语说,意思是让芭芭把糖罐递给他。他是在装腔作势,还做出了一些自以为是的手势和做作的表情——我不喜欢这个人。他来乔安娜家的那天,正是我满心期待着和绅士先生一起去维也纳的那一天。刚开始我还辅导他学英语,和他一起去看了《偷自行车的人》。后来,他送给我一条项链,以为这样就可以对我为所欲为了。一天晚上,在楼梯上,我拒绝吻他,他就火了,说项链花了他不少钱。我要把项链还给他,他却要我还钱。从那天起,我们就互不搭理了。

"又增添了新的肮脏的外国血液。"尤金笑着说。

"我是从米兰来的。"吉安尼感觉受到了侮辱。他是我见过最没有幽默感的人。

"她不会吸烟。"尤金给我递烟时芭芭说,我还是拿了一支。给我用火柴点烟的时候,尤金悄悄说:"你的眼睛和其他地方都化妆了。"我想起他曾在我眼皮上留下的潮湿的轻吻,想起我们俩单独在一起时他讲给我听的那些悄悄话。

"你对意大利很熟悉吗?"吉安尼问他。

尤金从我身边转过头,把火柴放进玻璃烟灰缸让它自己熄灭。烟灰缸是古斯塔夫从穆尼酒吧的单间里顺出来的,刷的金底,上面印着几个红字:健力士啤酒有益于您的健康。

"我以前在西西里工作过。当时在做一个关于渔夫的片子,在巴勒莫住过几个月。"

"西西里不好。"吉安尼说着幼稚地做了个鄙夷的表情。

看着他把香肠大口塞进嘴里,我心想,这个自私的傻子。他是男房客,所以有香肠吃。乔安娜有一种观点,即男房客应该吃得更好一些。我正看着吉安尼,事情发生了。我的香烟掉进了低领裙子里。我不知道这是怎么发生的,但就是发生了。香烟就那么从我的两根手指尖滑落,然后我就烧着了。我立刻感觉胸口被烫了一下,一股烟从领口往上升起。我大叫了起来。

"我着火了,我着火了。"我跳了起来。烟头卡在了胸罩下面,火烧火燎地疼。

"我的上帝啊,赶快给她灭火。"乔安娜喊叫着拉扯我的裙子,想拉下来。

"我的天!"芭芭爆笑起来。

"想想办法,快!"乔安娜喊着。尤金转向我,忍不住笑了起来。

"她就是为了引人注意。"芭芭说着,拿起那罐牛奶,直接灌进我的裙子里。

"好牛奶啊,上好的牛奶。"乔安娜说,但已经晚了。我已经让半罐牛奶给浇了个透,香烟自然也熄灭了。

"说实话,我还以为你是在开玩笑。"尤金对我说。

他尽量忍着笑,怕我心里感觉不舒服。

"可真是个傻姑娘。"不知道乔安娜是说我,还是说芭芭。我出去换衣服。

"你刚才究竟在干什么?发什么呆?"芭芭走到外厅来问我,"你可真是个大笨蛋。"

"只是在想一些事情。"我说。我当时想的是,怎么才能让尤金带我出来,离开这些人,我们可以去车上接吻。

"想什么,可以说吗?"我没有告诉她。我想的是他第一次吻我的那晚。很突然。那晚下着雨,我们当时正沿着利菲河往海关大楼和城里的方向走,他问"我吻过你吗",然后就非常突然地吻了我,当时很多人正从一个电影院往出走。我胸口有点闷，头也发晕，不知道这个吻算是很迅速的还是拖长了的。那时直至以后永远，我都爱都柏林的那个地方。因为正是在那里，我把双唇覆在了我脑海中创造出来的那个他身上，海关大楼上斑斑点点的鸽子粪都变成了盛开在古老的墨黑色石阶和走廊上的白色花朵。后来到了车里，我品味着他舌头的味道，我们探索着彼此的脸，就像两只小狗见面一样。他对我说"小妖精"。我正想着这些，芭芭拉开我的裙子看烫成什么样了。烟头就在那儿，被浸泡成了灰白色，湿答答的，我的胸部被烫伤了。

"上楼去换衣服。"芭芭说。

"你陪我去吧。"我不想让她和尤金待在一起。看她刚才和尤金说话时的样子，尤金说什么，她都说"没错"，还露出两个酒窝，我已经开始嫉妒了。

"门儿都没有。"芭芭说。她一手抓着门把手，一手拢了拢蓬松的黑发，然后就又回到餐厅，坐在尤金身边。从后面看她的样子很傻，开衫反着穿，背后一排扣子，露出了晒得黑亮的一截V形后背。

我上楼使劲洒了几下她的香水，补了点粉，换了条裙子。

再下楼时，吉安尼正坐在老钢琴前，轻轻地弹着发黄的琴键，在众人的说话声中哼着一首什么曲子。餐桌推到了窗前，芭芭说我们要举行一场歌唱会了。她靠在边柜角上，用轻扬的清晨般的少女嗓音开始唱：

> 我希望，我希望，我徒劳地希望，
> 我的童年能再次回来，
> 可是我明白，童年永不会再来，
> 就像苹果永远不会结在柳树上面……

唱完了，我们正要鼓掌，她又开始唱下一首。这一首不可思议地甜蜜，也不可思议地悲伤。歌词讲的是一个男人在少年时代，曾在树林里见到一个女孩，后来他出去闯荡世界，他的世界里却一直抹不掉这个女孩的身影。副歌部分是"记着我，记着我，在你的余生，请记着我……"，唱到最后，芭芭的声音中有了一丝颤抖，好像这些词对她而言有着特别的意味。尤金说她的歌声像蜜鸹一样甜美。芭芭的脸微微一红，把袖子拉到了手肘上面，因为屋子里非常暖和。她把胳膊靠在边柜上，嘴里模模糊糊地说着好热，露出来的胳膊上有一层金色的绒毛，看起来是那么娇美。我看见他在看着芭芭，心里知道，她的歌声会经常萦绕在他的记忆里。

古斯塔夫进来了，乔安娜开了酒瓶，把酒倒进小利口酒杯里，这样能多倒几杯。芭芭和吉安尼断断续续地唱着歌。芭芭说既然我不会唱歌，就朗诵几句吧。

"我不行的。"我说。

"拜托了，凯特。"

"来吧。"尤金说。他刚唱了一首《强尼我几乎认不出你》，他的声音很放松，很好听。

于是我朗诵了帕特里克·皮尔斯①的《母亲》，这也是我唯一一首能背下来的诗。在那个小小的闷热房子里，这首诗显得过于伤感了。我开始朗诵：

> 主啊，你对母亲何其冷酷，
> 孩子们来了，又去了，让我们痛苦……

芭芭嘻嘻笑着，大声说："孩子们的补助金发了吗？"大家都笑了起来，我感觉自己是个傻子。虽然他说"真棒，真棒"，但我仍然恨他，恨他竟然和别人一起笑。

芭芭又唱了几首歌，尤金把几句歌词写在了一张纸上，放进钱包里。芭芭的脸颊绯红，不是胭脂，是快乐的红晕。

"你很热吧。"尤金对她说，然后站在壁炉前为她挡住热量。

如此伟大的爱，再莫能及。② 我苦涩地想着，看着他站在壁炉前朝她咧嘴一笑，因为这时古斯塔夫和乔安娜

---

① 帕特里克·皮尔斯（1879—1916），爱尔兰诗人、作家、政治家、民族主义者。
② 出自《圣经·新约·约翰福音》第十五章。

开始二重唱了。

对我来说,这个夜晚无比漫长,无比令人失望。他是十一点左右走的,离开时没有吻我,也没有说一句特别的话。

那晚,在睡梦中,我都在担心会失去他。早上醒来,我想起来的第一件事就是芭芭唱着《红丝带》,他那样笑着看着她。天气很冷,我踩在睡袍上将衣服穿上。窗户上结了一层白霜,高高低低的冰凌挂在窗框上沿。

我出门很早,这一天是星期六,我们最忙的一天,我想在货架上摆上充足的货品。

"哦,亲爱的。"我进门时伯恩斯太太和我打招呼。她出来从肉盘上取香肠和火腿片,肉盘放在柜台后面的大理石台上。我穿的是尤金送的那件大衣,伯恩斯太太羡慕地打量着。我说是尤金·盖拉德送给我的,伯恩斯太太瞪大了眼睛说:"什么?他呀!"

她还没开口,我就已经猜到她要说什么了。她警告我说,这是个已婚男人,天知道他曾毁了多少天真的小姑娘。

我心想,哪有什么天真的小姑娘。全都是像芭芭这样的放荡女孩,满眼都是狡黠。我问他是不是真的结婚了。

伯恩斯太太说一两年前在报纸上看到过消息。她记得自己当时是在医院做静脉手术,住院的时候读到了那张报纸。旁边病床的一个女的也对他评论了几句,说他还穿着有破洞的鞋时就认识他了。

"他娶了个美国女孩,好像是个画家还是演员什么的。"伯恩斯太太说。我脱下外套,任它落到地上堆成一团。我这时非常讨厌它。

"就该这么做,跟你说过的。"伯恩斯太太拿了黑布丁、两个鸡蛋,还有一些里脊火腿片进里面去了。

我闭上了眼睛,感觉到心一直在往下沉,往下沉。现在一切都得到了解释——他的有所保留,他乡下的房子,荒凉的加州海滩上那些啤酒罐和腐烂橙子的故事,他的独来独往。

悲伤一波接着一波地涌来。我站在那件堆成一团的新外套旁,想起了妈妈淹死的那个夜晚。我当时固执地守着傻傻的期望,希望那只是一个误传,希望妈妈会走进房间,问大家为什么要悼念她。我祈祷他其实并没有结婚。

"主啊,求求你,让他没有结婚吧。"我央求天主,但知道自己的祈祷是无望的。

我机械地把一罐又一罐食物摆到货架上,从木条箱里取出鸡蛋,用湿抹布一个一个擦干净。有不好擦掉的污渍,我就捏一点苏打粉放上去擦。然后我数出来半打干净鸡蛋,放进分格的盒子里,上面写着"新鲜土鸡蛋"。

两个鸡蛋在我手里碎掉了,有点坏了,那种坏鸡蛋的奇怪硫黄味从此在我心里永远都和痛苦联系在了一起。

我不时感到情绪暴躁,想大喊出来,但伯恩斯夫妻俩在厨房吃着什么油炸的东西,我什么都做不了。

十一点的时候,他打来了电话。商店里挤满了人,伯恩斯先生和伯恩斯太太都在柜台前忙着。

他听起来心情很好,打电话过来是邀请我第二天去他家里。他之前也说过一两次,要请我去他家。

"我很乐意见到你太太。真是没有想到,你没告诉我你已经结婚了。"我说。

"你从来没有问过。"他说,并没有表现出一点歉意。他的声音听起来很尖刻,我感觉他打算挂电话了。

"你明天想来吗?"他问。我的双腿开始发抖了。我知道顾客们正在背后盯着我,在偷听我说什么。他们经常开我和男孩子们的玩笑。

"我不知道……也许……你妻子在吗?"

"不在。"停顿……"她现在不在。"

"哦。"突然,我感觉到一阵希望和模糊的狂喜,"她应该,没有去世吧?"我问。

"没有,她在美国。"

我听到了从身后收银台传来的铃声,知道如果再多打一分钟电话,伯恩斯太太就要一整天都给我脸色看了。

"我得挂了,现在特别忙。"我说。我的声音高亢、紧张。

他说如果我愿意,第二天上午九点来接我。

"好的,九点。"我说。

他先挂了电话。

那天,我断断续续地哭了好多次,在厕所里,还有其他地方。我给托德·米德打电话,想问问有关他婚姻的事,但托德不在办公室。所以,那天我什么消息都没有得到。

5

星期天早上,清新、明净的空气中回荡着都柏林各个教堂铿锵叮当的钟声,我早早就出了门。路上其他人都是要去望弥撒的,而我却是要去尤金家里拜访他。错过了弥撒,我并没有罪恶感,因为这是个清晨,而且我的头发还洗得干干净净。整个城市都覆上了一层白霜,有些地方的路面看起来非常滑。

我上行走到大道的一个拐角处等他,因为乔安娜之前说要派古斯塔夫陪我一起去。

"你需要有个保护人。"乔安娜说。她说我不能独自跟着一个陌生男人去他家里。她说这人说不定是个间谍或者变态。她说成了"病态"。

"我自己一个人去,就这样。"我说。我想听他说说自己婚姻的事。

"古斯塔夫不会碍你的事的。"乔安娜说。她是真的担心我。她把古斯塔夫棕色的皮靴擦好,放在了壁炉旁,把一双干净的灰色袜子也放在一起。古斯塔夫习惯坐在壁炉旁先暖好脚，再穿上鞋袜。

"那好吧。"我说，然后找了个借口说清早先去望弥撒，这才出了门。

尤金迟到了十分钟。他脸上的皱纹加深了，脸色灰白，看起来像没睡好觉。他看着我，又闻了闻我的脸，算是表示欢迎。

"哇!"他看着我的宽边草帽说。其实是夏天的帽子，上面装饰了一簇蜡质玫瑰花苞。

"你看着像个娃娃新娘——一定是帽子的缘故。"他看着帽子笑着说。我想他是不是觉得这帽子很傻。我干净清爽的长发从双肩披了下来，脸也搽得非常白皙。我告诉他古斯塔夫本来也要和我们一起去，他笑了笑。我觉得他的笑里有种特别的意味，寻思是不是真的应该带个人一起去。我偷偷念了几句祷告词，祈祷我的守护天使会保护我：

  啊，天主之天使，亲爱的守护者，
  天主之爱使你在此照顾我；
  今日往后在我身旁，
  指引我，守护我，管理我，引导我。

他问我吃过早饭没有，我说没有。我心情过于激动，吃不下饭。他把手伸到后座上，拿过来一条米黄色的羊毛围巾,围在了我脖子上,在我下巴下面打了个松软的结,然后亲了亲我,就出发了。

我们开车穿过城市,过了郊区,开上了一条宽阔的公路,路两边都有水渠,两排大树沿着路边向前延伸。沿途偶尔会路过一个村庄——散落的房子、几家商店、抽水泵,还有小教堂。

"我一般是要去望弥撒的。"我说,这时车慢了下来,让从教堂大门里出来的人穿过马路。

"我家里有几张预付了的纵欲赎罪表和逐出教门申请书,你可能用得着。"他说。我笑了笑,说乡下看起真漂亮。一根根树杈和精巧的墨色小枝,在清冷的银色天空的映衬下,形成了蕾丝般的黑色浮雕图案。我已经离开乡下好几个月了,自从去年夏天离开家之后就再也没有回去过。我想起了姨妈和父亲,星期天吃完午饭后,他们会安然地看一会儿当天的报纸,然后睡一个长长的午觉。姨妈现在照顾着父亲。父亲搬回去了,老房子里有一两个潮湿的大房间留给他们住。

"感觉一下,你的耳朵会响。"他说,这时我们沿着一条长长的岩石路往山上开,上去后就是一片荒凉的山地。那一段没有树,只有丛生的荆豆灌木和大块花岗岩,羊群在石块间慢慢移动。我感觉到耳朵嗡嗡地响,和他说的一样。十一点左右,到了他家。这时霜已经化了,月桂树篱是一片泛着光泽的墨绿色,房子本身是白色的,楼下装着几扇大落地窗，周围种了很多树。

一只大牧羊犬朝我们跑过来，安娜把门打开。我听说过她，她在尤金家料理家务，不过比较散漫随意。她住在房后楼下的房间里，已经结婚了，有个小宝宝。

"嗯，总算回来了。"她说话的方式简直可以算粗野了。

"你好，安娜。"尤金从车里取出几个袋子递给了安娜，并把我介绍给了她。袋子里有给狗吃的排骨和羊头、一瓶金酒，还有一个新咖啡壶。

"开喝。"安娜说。她瘦骨嶙峋，面泛油光，头发又长又直，看上去睡眼惺忪，又像是吃多了药。

现在虽然是冬天，假山上的花儿却开得很好，一片小蓝花如雾一般密密地铺在大理石块上。他带我来看他的房子，我感觉到他很兴奋；我们走上石台阶往门口走时，他哼起了歌。

前厅干干净净的，光线明亮，刷的是奶油色的漆，里面摆着黑色的古典家具，一个大瓷筒里插着几根手杖。

"费老大劲才能保持这么干净的。"安娜说着，带我们去了厨房。我们刚从一扇门进去，就听见她丈夫从另一扇门出去了。她说她丈夫很是腼腆。

"现在不后悔来了吧？"安娜去乳品间取奶油时，尤金对我说。他开始煮咖啡了。

"嗯，真好啊。"我说着环顾四周。厨房很大，地上铺着石板，墙上高高地挂着一组泛绿的餐铃，看着像多年没用过了。黑铅炉的一头摞了一小堆还没太干的小块木头，一个烧水壶正发出熟悉的叹息。这是间很不错的厨房。

他换了件亚麻色夹克，出去锯些木头，因为安娜说丹尼斯一整天都在外面清点羊群，还修了篱笆。我想跟着尤金，但安娜给我拉过来一把椅子，放在壁炉旁，于是我坐下来和她聊起了天。她一边聊，一边在那张硕大的餐桌上切着包菜。她穿着一条黑色棉布半身裙，一件走了形的灰套头衫，看起来有些邋遢。头上戴了一顶男式帽子，污渍斑斑的棕色带子上插着一根鸭羽。

"你是演员吗？"尤金一走她就问我。

"不是。"

"他认识很多女演员。"

她拿起尤金带回来的金酒瓶子给自己倒了一杯，告诉我她实际上并不是用人，让我也千万别这么以为。她说自己是帮忙看家的，说着朝后面的楼梯努了努下巴。她的房间就在那儿，她的宝宝现在正在那儿睡觉。她有一个宝宝，九个月了。她又聊了一会儿她的子宫，还有她的丈夫。

"他唯一爱过的女人就是盖拉德太太，劳拉。"她看着我的眼睛说。她的眼睛是透着恶意的亮黄色。

"他在楼上收藏着一块蓝色小石头，就是专门为劳拉保存的,是他以前在山上找到的。"

她说起劳拉在的时候,他们度过的那些美好时光、举行过的那些盛大派对。我想象着当时的情景。大厅里人头攒动,红木桌子上烛火辉煌,林荫道两侧的山毛榉上挂着璀璨的灯笼。在此之前,我对是不是真有劳拉这个人一直抱怀疑态度,然而现在,我彻彻底底地相信了,因为安娜说了——"劳拉出手特别大方;她有一件特别好的皮草大衣,有自己的车,什么都有。这地方现在就跟教堂墓园一样。"她又给自己倒了一杯金酒,往里面挤了几滴柠檬汁。

包菜里有很多鼻涕虫,她用刀把它们都划拉进炉火里了。

尤金推着一小车圆木段进来了。她找了个借口,说楼上有事就走了。

"她刚在喝酒?"尤金问。桌子上放着那瓶金酒,旁边还放着切开的柠檬。他把酒瓶挪开,告诉我他有把新动力锯想让我看看。木头是他刚刚切割下来的,能看到里面亮亮的琥珀色树脂块,还能闻到新鲜的树脂味。

"那太好了。"我说,虽然我觉得机械的东西很无聊。他踮起脚欠过身子亲了我一下,问是不是有什么事让我烦心了,我的脸色看起来有些紧张。

"她是不是给你讲了一通那个传奇故事?"他问。

我点点头。

"一个字都别信,她自己编出来的一套童话故事。她有没有说我家有过一辆劳斯莱斯,还有个管家先生?"

我再次点点头,笑着看他的一缕头发滑稽地垂在耳朵上面。他侧戴着帽子,穿着那件亚麻色夹克,看起来脸色苍白。

"以后再跟你说。"他说。我虽然害怕听他说起那些事情,但又渴望知道一切,这样不管安娜再说什么都不会惊到我了。

午餐是在他书房里的一个小圆桌上吃的,时间不早了,安娜喝得有点高,忘了做菜,直到两点才想起来。

"犁掉牧场的石块呀……"安娜手里抱着一摞盘子,哼着歌进来了。她头上仍然戴着那顶男式帽子,我心想她是长疱疹了还是怎么了。培根切片放在每个人的盘子里,她还拿来了一包用餐布包着的土豆,土豆很面,热气腾腾的。

"培根挺不错。"她对尤金挤挤眼,尤金看着她蜡黄的脸笑了笑。她眼睛上涂了紫色的眼影,但也并没有让相貌有多大改善,眼睛下面那两团大大的黑眼圈是遮不住的。尤金说她让"你的女人"留下来的化妆品都算是物尽其用了。尤金基本上不称呼劳拉的名字。

"到我的猎人小屋来做书记员吧?"我好奇地东张西望时,他跟我开起了玩笑。墙刷成了淡蓝色,木框是奶油色的。几扇落地窗没有装窗帘(只装了百叶窗,是拉开着的)。充裕的阳光照进来,可以清楚地看到红木家具上面的抹布印,灰尘擦了一半留了一半。透过长长的窗户看到的景色令人迷醉。

栅栏外面是一块田地,再往后有一片树林,更远处的山谷上面氤氲着一片梦幻般的紫色。他说山谷里种的都是白桦树,到了冬天,白桦树的细枝总是会泛出这种奇怪的紫色。他提议午饭后开车过去看看,但我不想去,因为我不想破坏这美丽的幻境。

"给我说说,你喜欢什么样的食物?"他说着,给我的包菜里加了点黄油,还递给我一管芥末酱。在老家时,我们经常在蛋杯里加点芥末酱。

"我什么都喜欢吃。"

"什么都喜欢?"他看上去大为震惊。

我立刻就觉得很懊悔,至少也应该假装有点品位的。他又说起了他的工作,他刚完成了一个片子的脚本,内容是关于世界上的饥饿人口的。他在世界各地都走访过,去过印度、中国、西西里、非洲,在那些地方收集材料。他桌子上放着几张照片,上面有破败的城市和门口坐着饥饿小孩的贫民窟。只是看着这些照片,我都能感觉到饥饿。

"孟加拉,火奴鲁鲁,坦噶尼喀。"我用一种半梦半醒的语气跟着他重复着这些地名,重复着他去过的那些地方,完全不知道那些地方都在哪里。

"你拍了很多影片?"我问。

"没,我拍的都是些很特殊的小影片。有一部我觉得你会喜欢,是关于一个毛利人小孩的。"

"你的名字会出现在银幕上吗?"我特别想给姨妈讲一讲。

"只是很小很小的字。"他说着,将拇指和食指略微分开比画着大小,"没人会看的。我在好莱坞也做过一部片子,是部爱情片,这幢房子就是用那部电影挣到的钱买的。"

那一定是劳拉时期的事了,我心想。这时他继续说起他正在做的一部有关排水系统的影片。

"排水系统?"

"对,你知道吧,污水排放系统。这个行业非常有意思。"

我看着他,发现他是非常严肃的,这时我明白绝对不能跟姨妈说起他的事情了。

"都是特别迷人的片子。以前我觉得自己的人生就是个失败,没有目标……后来年龄大了一些,就开始有了一些领悟。现在我知道了,人生问题的解决方案不是成功,而是失败:拼搏奋斗,取得成就,遭遇失败……一直如此下去。"到最后几个字的时候,他几乎是在自言自语了。他的话让我想起以前看过的一部电影,一只乌龟把蛋下在了沙滩上,然后再一路费力地爬回海里。乌龟历尽千辛万苦，筋疲力尽，一边爬一边流泪。

"我想看你的电影。"我说。

"你会看到的。"他这样说，但没有做出任何规划。那个房间里有张床，上面扔了块毯子。他说那是之前有人生病的时候从楼上拿下来的。他没说是谁病了。

趁着天还没黑，我们出去走走，去树林那边看一看。他拿给我一件镶着米色毛边的防水服，又从楼梯下拿出一双女式雨靴。我把雨靴倒过来晃了晃再穿，因为我曾在一只雨靴里发现过一只死老鼠。从这双雨靴里掉出来几粒玉米。

"可以吗？"他问。

"特别合适，谢谢你。"雨靴有点挤脚，她的脚一定比我的小一些。芭芭常说整个爱尔兰可能都找不出一个比我脚更大的女孩了。

我们从房后的树林里走，树叶可以遮挡住蒙蒙的细雨。林子里的树各种各样，脚下的土地上覆盖着一层腐烂的落叶，松软潮湿。他说到了夏天，地里会长出硕大的蘑菇，红的紫的都有。四周一片寂静，只能听到沙沙的雨声，还有我们脚踩在落枝上的噼啪声。已经是冬季了，但林子里仍然一片绿意，树叶成荫，因为有很多高大的圣诞树。

"所以，你是听别人说我结婚了。"这时他问，我站下来看一棵冬青树，上面结着耀眼的红浆果。

"是的，老板娘告诉我的。"

他抿嘴一笑，竟然有人知道他的私生活，他似乎还有点自得。

"你呢，你认为这是件很糟糕的事？"

"哦，没有。"我说，眼睛盯着面前一棵被劈成两半的橡树，看着像巨人的两条腿。

他继续说："没错，我在那边时和一个美国女孩结了婚，她人挺好，很有魅力。但是，过了几年，她就不在意我了。我'无趣'。一个很有优越感的人，从小就相信自己独一无二，对丈夫不满意了，换一个，像换浴盐一样。她认为追求快乐是她的权利。"

"太遗憾了。"我这话说得真蠢，但我担心自己要是不说点什么就会哭出来。

"她是个不怎么成功的画家。我们当时住在好莱坞，住的是一幢灰泥别墅，这些年房价开始掉了。"他看着旁边说，好像是在和冬青树说着话，"天是无边无际的蓝，简直要把我逼疯了，那里的人也是，'嘿，乔！嘿，艾尔！嘿，艺术！'……没完没了。后来我们就来爱尔兰了，买了这幢房子。我用的是做那部电影的钱，她自己也有收入。她以前是坐着镀金劳斯莱斯上学的。她讨厌所有人。"

我突然闪过一个念头：他说这些时，心里暗暗有些自豪，但他自己可能并没有意识到。

"她有宏伟的计划,"他说,"打猎,射击。她说我们可以邀请导演来,还有作家们。我们请了,但没人来。后来雨来了,我的风湿病又犯了。"他僵硬地动了动脖子,好像风湿病一直在那儿等着被他召唤,"我的裤子换成了长裤,也笑不出来了,她说我对女性的态度是封建遗风,原因只是我让她拿了一截木头来烧火。一天,她走了,那天我正和丹尼斯去收割干草……桌子上留了张字条,然后……"他停住了,不管他本打算说什么,都收回去了。

"我很难过。"我说。我的确很难过。

"嗯……谢谢你。"他笑了一下,伸手接住从树叶上滴下来的雨水。第一次,我看到他有一些不好意思,或者不自在的样子。

冬青树亮晶晶的深绿色映在他苍白的皮肤上,让他的脸看起来有点发青,看上去身体不太好的样子。我真想把他抱在怀里,给他几分安慰。我们继续往前走。

走到树林的最高处,他爬上一块草堤,伸出一只手把我拉了上去,让我看一下那里的景色。

"啊!"他深深地呼吸着这个地方无与伦比的空旷幽静,"你千万不要担心我结婚的事。"

"我没有担心。"我撒了个谎。

"实际上本来早就应该告诉你,"他说,"有些事不那么容易说出来。愧疚和失败都是痛苦的话题,人年纪越大，越是想把这些事情从记忆里赶走。"

我微微地颤抖起来，也不知是为什么。他一只胳膊搂着我，以为我是站得太高，头发晕了。

下面，发黄的草地起伏不平，羊群正在那里吃草，这一片草地一直延伸到一座矮山下。有些荆豆丛被烧焦了，在越来越暗淡的光线下，一根根弯曲的焦木看上去像鬼魂的骨骼。眼前的景象让我的情绪低落下来。

"这也是为什么一开始我不想和你有什么纠葛。"他平静地说。

"我现在知道了。"我说。他突然转过身，看我是不是哭了。

他笑了。"你身上有种野性，你一定是在很开阔的环境下长大的。"

我想起我家房前的那片田地，泥水绕着树根在地里积成一个个小水潭，心里一阵凄凉。

"你脸上有种奥秘的东西。"我说。

他苍白的神情顿时散成了碎片，哈哈大笑起来，问我是从哪里学到这么一个词的。我立刻意识到用错了词，但我是从一本书上看来的，我喜欢这个词的发音。

"亲爱的姑娘，你以后可不能再看书了。"他拉起我的手，我们跑下草坡，回到了树林里。我们快速看了一眼他栽的一片小松林，松林周围用铁丝网围得严严实实，以防兔子和鹿跑进去。他伸手摸了一下树梢，说为了我的到来，必须再种一棵树。不知道他有没有为他妻子种过树，也不知道他现在是不是仍然爱着她。

喝完茶，安娜和丈夫出去打牌了，还带上了宝宝，虽然尤金说孩子这样出去可能会得肺炎。

在这么大的一幢房子里，就我和他在一起，我感觉有些不自在。

他点亮两盏煤油灯，拉上书房的百叶窗，说："听点音乐吧。"

地上放着一小摞唱片，到处都散放着书籍，一面墙上探出来一对鹿角，正对着我。他说房子的前主人喜好屠宰，在房子里留下了一些他的痕迹——兽角、兽头，地上还有几张晒干的兽皮。陌生的音乐响了起来，填满了整个房间，他慢慢移动着身体，打着节拍，还停下来几次，看看我有什么感觉。这首曲子没有歌词。

"你感觉怎么样？听到它会想起什么？"唱片放完了，他问我。这音乐让我想到的画面是一队鸟儿在天空中飞出一个褐色的"人"字。

"鸟儿。"我说。

"鸟儿！"他不明白我是什么意思，就又放了另一张唱片，这一张听起来也差不多。

"更多的鸟儿？"他笑着说，我点点头。我觉得他一定很失望，那晚他再没有放唱片了。

"去看看楼上的火怎么样了。"他说。但是我不想上楼，害怕那会是个计谋，是为了勾引我进他的卧室。他先前在房子里点着了壁炉，说是因为壁炉上方的墙壁有一块很潮湿。

"我就坐这儿吧。"我说，他拿着一把黄铜烛台和一支未点燃的新蜡烛走了。我打量着他的桌子，看看能不能找到一些和他相关的东西。桌面凌乱地放着一些报纸、信件、航空邮件的信封、几包花种子、男士衬衣上的领撑、用果酱瓶装的铜钉，还有几个印着滑稽图案的烟灰缸。

"你可以把鼓风机拿上来吗？"他在楼上对我喊。

卧室里的火已经熄灭了。这个房间非常大，放着一张双人床，还有深色的红木家具。床上摆了四个枕头，一边两个，我一下子就看到了。

"我有时候睡在这边，有时候睡在那边，换一换。"他说，好像知道我在想什么。

"别走。"他说着打开了鼓风机上下吹着，一阵烟灰吹了出来，吹到了壁炉上面的一幅画上，画里是一个侧卧着的裸体女人。

"我得走了。"我说，尽量让自己的语气听起来随意点。怎么能把一个裸体女人挂在这里，每天晚上看着他在床上睡觉。一股烟从烟囱里冲下来吹到了他脸上，他不停地咳嗽起来。

"可以开一下窗户吗？"他咳得几乎喘不过气来了。

窗户特别紧，我只好使劲拍了拍，它便猝不及防地打开了，一阵风刮进来将蜡烛吹灭了。

"恐怕我得回家了，现在八点了。"我的声音有些激动，同时摸索着往门口走。

"走吧，可是，亲爱的姑娘，我还没有引诱你呢！"他大笑起来，我突然想起挂在楼下的他的一幅肖像画，看起来很邪恶。我摸索着找到门把手（风把门吹得哐哐直响），但根本拧不动。我的手已经完全没有力气了。他重新点燃了蜡烛，站在那里，在壁炉旁边，手里举着蜡烛。

"别发抖了。"他说，然后又说没什么好害怕的，刚才是开玩笑而已。我突然意识到自己刚才有多傻，哭了起来。

"好了，好了。"他过来轻轻拍着我，"真是个傻姑娘。"他弯下腰，温柔地吻着我湿润的嘴唇，比以往任何时候的吻都更为轻柔。

我们下了楼，泡了一壶茶，聊了会儿天，然后他说现在可以送我回家了。我把头发梳理整齐，刚才他吻我的时候弄乱了。

外面，夜空中的繁星在一片白霜中凌厉地闪烁着，地面也因霜冻而坚硬无比，松树安然不动，分外美丽。在泛着青色的月光中，我转身告诉他，其实我不想这么早就走。寒霜中，这个地方看上去是如此迷人；书房里的炉栅后面,温暖的火吞吐着明亮的火焰;灯罩压得低低的,上了发条的留声机的绿面上静静地躺着最后一张唱片;寂静无声。

"我现在不想走了。"我说,但是我们已经穿好了外套,他也已经把车开到了房前。而且,刚才九点新闻上说路面有结冰的地方,我们不得不慢慢开。

"回村了!"他说,这是他之后每次开车送我回家时都会说的一句话。

6

自那以后,大多数星期天我都会去他家,一天晚上我留下过夜了。

我睡在客房,客房的地板和木家具都新刷过漆,摸起来有点黏黏的。

实际上,我并没有睡着,一直在想他。我听到他在楼下吹着口哨,走来走去,三点以后才去睡觉。他给我留了一本杂志,里面有很多图画,长着尖鼻子的人、耳朵里长出了楼梯的人,看不懂。我一直没有熄灯,安娜说尤金买这幢房子之前,有个女人刚在这间屋里死去,是个上校的妻子,吃了洋地黄片。

天快亮的时候,我打了个盹儿,但七点的闹钟很快就响了,我只能爬起来,回去上班。

"睡着了吗?"他问。我们在楼下碰见时,他打着哈欠,装出踉踉跄跄的样子。

"没有,没怎么睡好。"

"这算什么事啊!两个人,你这头我那头,在不同的房间里失眠。下次我们还是做个伴吧,中间放一个长枕头隔开,怎么样?"他一边吻我,一边提议。我移开了目光。从小到大,我形成的认识就是,男女睡在一起是件不能说出来的事情,是女人为了取悦丈夫而假装喜欢的事情。

他给我带了一条盖腿的毯子,还带了一壶茶在车上喝,因为没有时间吃早饭了。

接下去的那个星期天,我还是留了下来,也还是去我自己的房间睡。我不想睡在他床上,他以为我是心存顾虑,但其实是因为我很害怕。第二天清晨,他敲我的门时,我已经醒了,便起了床。我们一起去树林里散步。

我们的生命里,会有一些永远都不会忘记的时刻。我现在还记得,那天白桦树的白色枝条在晨雾里伸展,过了一会儿,太阳从山后升起,四周晕染出一片浓烈的深红,好像这是世界诞生的第一天。我还记得,万物瞬间明亮起来,到处都洒满了阳光,因为太阳从晨雾里跳了出来;露水消散了,片刻之后,草叶的绿鲜活地显现出来,在盎然的色彩中散发出勃勃生机。

"希望我们能走到一起。"他说,一只胳膊搂住了我的肩膀。

"我们会吗?"我问。

"现在看来这是太自然不过的事,躲也躲不掉,我以前可不是那种会在车后座亲嘴的人,总觉得很恶心。"

他说。

接吻，或者用他的话说，"亲嘴"，让我感觉很好，但我不能告诉他。

然而就算再拖延，最晚也拖不过圣诞节了。

圣诞节那天，他邀请了芭芭、乔安娜、古斯塔夫一起来吃饭，想让我感觉自在一些。他那些朋友都挺吓人的，大都来自别的国家。他们互相之间会开一些隐晦的玩笑，而且我感觉他们看我的那种方式，就好像我是什么供人娱乐的新奇玩意儿。

吃晚餐时，大家都很快乐，一根根红蜡烛把桌子照得通明，圣诞树上挂了给每个人的礼物。乔安娜心满意足了，她得到了一个旧镀金相框，还有一些圆木，可以在餐厅的壁炉里用。饭后，芭芭和尤金跟着留声机的音乐跳起了华尔兹，每个人都开怀畅饮。

到了午夜，客人都回家了，我留了下来。实际上这看起来是件很体面的事，因为尤金的母亲也留了下来。老太太看着很虚弱，但喜欢抬杠，脸上棱角分明，和尤金一样也是大额头。她不停地咳嗽。

尤金扶着老太太上楼来到客房里（我平时睡的房间），给她拿了杯热威士忌，还有一个小杯子，让她放假牙。完了之后他下楼来，和我一起吃凉了的火鸡肉和奶油饼干。

"一整天都没怎么看到你，今晚吃饭的时候，你看着特别漂亮。"他说。这时,我们一起坐在炉火前的羊皮毯子上,吃着东西。他给我读了洛尔迦①的诗,我虽然没听懂,但他读得很好听。他想听我也读一首,但是我很不好意思。有他在身边,我有时会觉得非常害羞。我的一边脸颊烫得厉害,就取掉了那边的红灯笼耳环。他这时从书里抬起头,刚好看见我滚烫的耳垂让廉价的锡耳夹弄得有点发黑,便不满地哼了一声。

"你的耳朵会感染的。"他接过红灯笼耳环仔细检查起来。这是我在圣诞节前夕刚买的,想为了他把自己打扮得光彩照人一些。

"香港制造!"他说着就把耳环扔进了炉火中。我试图用火钳救出来,但已经来不及了,耳环掉进了赤红的灰烬里。

我郁闷了一会儿,但他说会给我买一对金耳环。

"我要是不关心你,就不会操心你的耳朵啦。"他这样说把我逗笑了。这算是恭维话吗?说得可够奇怪的。

"你这个温柔的傻傻的小妖精,长了对疯狂的眼睛。"他盯着我的眼睛看,然后判断说是绿色的。

"绿眼睛,棕红头发,我母亲不会信任你的。"他说。他母亲有一双冰冷的蓝眼睛,看起来非常犀利、精明。

---

① 即费德里科·加西亚·洛尔迦(1898—1936),西班牙著名诗人。

她周身有一股桉树油味。

我在羊毛毯子上躺了下来,他吻着我热热的脸颊。

过了一会儿,他说:"我们去睡觉吧,茶煲太太①?"我这么躺着就觉得很高兴,只要接吻就够了,床对我而言太终极了。我坐起来抱住膝盖。

"太早了吧。"我说。这时候差不多凌晨两点了。

"咱们去刷牙吧。"他说。于是我们上楼去刷牙。"你刷牙的方法不对,应该上下刷刷,然后前后刷刷。"

我想他说这些只是想让我放松一点。我已经不再说话了,眼睛也像猫头鹰一样瞪了起来,受到惊吓时我就会这样。我知道自己即将面对一件可怕的事情。我相信有地狱,相信有地狱之火的无尽折磨。但这事是可以推迟的。

卧室里很冷,安娜一般会生起壁炉的火,但圣诞晚餐那么热闹,又有礼物收,她把这事给忘了。

他迅速脱掉了衣服,搭在一张扶手椅上。我站在那儿看着他,手足无措,一动也不能动。我的牙齿咯咯地打着战,不知是出于害怕,还是由于寒冷。

"赶紧上来,小心着凉了。"他说着从墙柜里拿了件什么东西出来。他长长的后背上有一个鲜明的草莓胎记,

---

① 童话故事《美女与野兽》中的角色,王子的仆人,城堡里和善可亲的厨房管家,被施咒变成了一把茶壶。

胳肢窝里伸出几簇深色的汗毛。灯光下,他身上泛着一种蜜色的光泽。

他上了床,一只手撑着脑袋侧躺着,等着我。

"不要看我。"我请求他。

他用一只手遮住眼睛,手指分开,还留着几条缝。我脱衣服的时候,他念着:

> 怀特太太吓了一跳
> 大半夜的什么在叫
> 原来是个鬼魂来了
> 一下蹿到灯杆半腰……

他让我把灯拧灭了,几滴煤油从灯头流出来,和我喷在手上和手腕上的香水混在了一起。

"真是个漂亮的小胖妞。"我向他走过去,他说。过了一小会儿,灯才彻底熄灭。

我脱下当睡袍穿的外套。他掀起被子,把我拢进去搂在身边。

我忍不住微微战栗起来。他以为我是太冷了,就轻快地摩挲着我的皮肤,让我暖和起来,还说我的膝盖像两团冰。他想尽一切办法让我放松下来。

"你肚脐上有绒毛吗?"他用手指轻轻地在我肚脐周围逗弄,这是最让我不舒服的事情之一(恐惧让我无比紧张），我全身立刻僵硬起来。

"怎么了？"他边说边吻着我紧闭的嘴唇，但很快就察觉出事情不对了，"你是很后悔吗？"

并不是后悔。即便我现在已经结婚了，也仍然会感到非常害怕。

"怎么了，亲爱的，小软宝？"如果他不是这么温柔，或许我还能稍微勇敢一些。我趴在他赤裸的肩膀上哭了起来。

"我不知道。"我绝望地说。在床上这样哭泣，我觉得自己就是个白痴，而且白天的时候还笑得那么开心，让他以为我是个没心没肺的人，快乐得不得了。

"你是不是遭受过什么可怕的创伤？"他问。

创伤？我以前从来没听过这个词，也不知道怎么回答。

"我不知道。"我说。"我不知道"是我哭泣的大脑目前唯一能自己组织起来的话。

他努力让我不要紧张，说我不需要担心什么，没什么好害怕的，说我肯定不是害怕他。他慢慢地、轻柔地抚摸着我，但我仍然充满了恐惧。在此之前，我在椅子上、车上、饭馆里，也曾抚摸过他的手，亲吻过他腕上的汗毛，也曾渴望他的手指抚过我柔软的秘密之处，但是，现在，一切都不一样了。

他说我们应该谈一谈这件事，我应该告诉他是什么让我这么恐惧,要说出来。但是,我做不到。我现在只想睡过去,等醒来的时候,发现一切都结束了,就像做了一场手术后醒来一样。

我躺在他怀里哭着,他说不要再哭了,我们什么都不会做了,睡一个长长的大觉就好,等睡醒后,就又会精神百倍。他有些沉默,责怪自己怎么这么蠢,考虑这么不周到,事先没有想到我会这么紧张,这么害怕。

后来,他转身背对着我,准备睡了。

他拿起一杯水,吃了一片安眠药。

"对不起,尤金……我真的爱你。"我说。

"没事的,亲爱的。"他说着拍了拍我温热的臀部。至少我们的身体暖和起来了。

"明天我不会再害怕了。"我说,但心里知道我仍然会如此。

"我知道的,"他说,"你只是累了。现在睡吧,什么都别想了。"

我们的手拉在一起,我想要擤一下鼻涕,刚才哭了那么久,鼻子堵住了,但又不好意思,担心这样看起来太过粗野。

我带着屈辱与羞愧,慢慢睡着了。

天快亮的时候,我们一定又靠在了一起,因为我醒过来的时候,发现自己正在拒绝他的爱抚。

他迅速起身,穿上衣服。我向他道歉。

"不要再说对不起了。"他拉上裤子的背带说,"没必要觉得抱歉,这太自然不过了。"他说,然后坐在椅子上穿袜子。

"你不睡了吗?"我问。

"对,睡不好的时候,我大清早就起来了,出去走走,或者干一会儿活……"

"是我的错。"

"不要再说是你的错了,别担心了。"他说。天还没亮,我很高兴看不到他脸上的表情。我没法正视他。

他离开了房间,过了一会儿,我听见外面的沙石路上响起了他的脚步声。

我继续躺着,流着眼泪,我从来没有像今天这样感到羞愧。现在可以确定,我们之间一定结束了,我怎么会表现得这么幼稚。天亮了起来,八点半左右的时候,天上还留着几颗星星,无力、黯淡,所有晨星都是这样。

"回家吧……消失吧。"我对星星说,或者是对自己说。我起床穿上衣服,听见安娜在楼下捅着炉子,我不知道要怎么去面对她,面对丹尼斯,面对他的母亲,还有,面对他。我这件镶着亮片的黑色毛衣,昨天吃饭时还觉得无比迷人,到了今天早上,却看起来这么愚蠢。要是谁都不会注意到我就好了,让我悄悄跑回乔安娜家去吧。我照了下镜子,看到镜子里那张脸,又红又肿,泪渍斑斑。所有人都会知道的!

开始下雪了。雪来得很快，很突然。雪花斜斜地飘落到前面的田野里，但并没有留住，一碰到地面就融化了。我把头伸出去，期望冷雪能让我的脸好看一些。然后我又跑到另一间客房，把本来要睡的那张沙发床弄乱。这么做看起来真是太傻、太悲哀了，但是安娜非常敏锐，一定会注意到的。在那张床下，我发现了一个箱子，里面有些旧玩具，还有几本撕坏了的书。

"本书归伊莱恩·盖拉德宝贝所有。"我在一本动物书的扉页上看到了这么一句话。我差点昏死过去。他从来都没提起过自己还有个孩子，但我本应产生怀疑的，他对安娜的宝宝那么温柔。现在，一切都更糟糕了。我看着这些玩具，残缺不全，到处都是咬过的痕迹，不禁哭了出来。所有这些，外面的冷雪，我红肿失眠的脸，这件愚蠢的亮片毛衣，还有房间里冰冷的、没有点燃的绿色陶瓷无烟煤炉，所有这一切都加剧了我的羞耻。我坐在那儿，流着眼泪，直到安娜敲门说早饭做好了。

厨房里，我没勇气抬头看他，一直低着头。他递给我一杯茶，问："昨晚睡得好吗，凯瑟琳·布雷迪小姐？"

安娜在一边看着。

"挺好的，谢谢。"

他低头从侧面看着我羞愧得不愿抬起的脸，笑了。

"睡好了就好。"他说着把我带到餐桌前，在面包片上抹了黄油递给我。

过了一会儿，他母亲也下来了，我们一起吃早饭。她抱怨粥煮得不匀，有结块。她和一个妹妹一起住在都柏林，说有件事是她一定无法容忍的，那就是粥里有结块。差不多到中午的时候，他开车送母亲回去，我想着自己也该走了，但他让我多待一会儿，想和我聊聊。我留了下来。

他扶母亲上车的时候，老太太说："回头见，亲爱的。"她在皮草大衣外面罩了一条披肩，还抱着一个热水袋暖膝盖。她看起来心情特别好，尤金给她带了威士忌、巧克力，还用黄油纸包了一些火鸡胸肉。她喜欢儿子对她这样关怀备至，要补偿那些年她为了抚养儿子不得不给人家当服务员受过的苦。尤金和她有不小的隔阂，她对尤金也很尖刻，但尤金不厌其烦地悉心照顾她的时候，她还是很高兴的。

他们走后，我到树林里走了走。雪已经停了，现在下成了小雨。我不知道还应不应该冒险再待一晚。我努力想做出一个决定，雨温柔地落着，发出细弱的沙沙声，给我纷乱的思绪提供了让人安心的背景音。我想到了另一个地方的树林，想到了潮湿的土地、地里高高的草丛间开的樱草花，还想到了那些我曾在想象中交谈过的男人，想象着自己在他们有力的臂弯里，在那和谐的狂喜中有过的片刻迷醉。但我不能做出决定，我从来没有做过任何决定。我的衣服不是自己买的，食物不是自己选的，连去哪里都是芭芭决定的。我摸着潮湿的大树，闻着湿润的树木散发出的浓烈味道，在树林里走了一圈又一圈。

听到车开回来的声音，我向房子走去，接着就听到他吹着口哨走到树林这边来找我。他戴了一顶棕色的旧帽子，看上去有些不羁。他向我走过来的时候，我知道了，我会再待一晚的，再冒一次险，看看自己是不是又会变成那样一个傻子。

"我会留下来的。"我立刻说，他很高兴。他说我出来后看着好多了，雨很适合我，我一定要住在多雨的乡下，披着长发，像现在这样，再穿一件深色雨衣。

"我不会害怕了。"我说着和他一起跑下树林里的山坡，回家去喝茶。他急需喝杯茶。我也不再感觉困乏了。这时我们看见安娜正拿着他的双筒望远镜看着我们。

"她可别把望远镜弄坏了。"他说。但是等我们回去时，安娜已经把望远镜装在棕色皮套里，挂回书房的窗帘杆上了。尤金说了两句，安娜说他一定是看错了。尤金开始准备做火鸡土豆丁，我和安娜则把包菜切碎。

吃饭前，他把一盏白瓷灯拿到了楼上，放在他房间里的梳妆台上，让我化妆的时候用。他站在那儿，看着我用湿润的海绵在脸上均匀地把粉抹开，抹完后我的脸非常白皙。在镜子里，我的脸看起来圆乎乎的，像小孩子的脸。

"老人与女孩。"他看着斑斑点点的镜子说。镜面用一个护肤霜瓶子固定在合适的角度——这无疑是劳拉的东西。他为需不需要刮胡子和我斗起了嘴。

"我是有可能要亲某人吗?"他摸着下巴上刚长出来的胡子楂,看着镜子问。

我笑出了声。

"嗯?有可能吗?"他又问。我喜欢和他接吻,我心想,人们如果只接吻就好了,如果爱情都止步于此该有多好。他拿起梳子,慢慢地梳理我的头发。梳子在我头发间缓慢又坚定地一下一下划过,我很喜欢这种感觉。梳了一会儿,我的心情大好,他笑呵呵地看着镜子里的我。

"我的下巴太大了,你的呢,又太小,咱俩生的孩子会有个完美的下巴。"他说。他以为我会笑,但我没有。我有一些非常敏感的点,比如,孩子。孩子对我而言过于恐怖。我想起了那箱玩具,实际上我一直都没有忘记这件事,只是尽量不去想起。

"我房间里有一箱玩具,在床下面。"我说。

"是的,我知道,是我的。我有个孩子。"

"哦。"

"我有个女儿,现在三岁了。"我觉得他的声音变了,但又不确定。我眼前出现一个小女孩坐在他肩上的情景,这个画面刺痛了我,让我嫉妒。

"你想她吗?"我问。

"特别想,几乎每天的每一分钟都在想她,好像还能听见她的声音。人一旦有了孩子,就想一直陪在孩子身边,看着孩子慢慢长大。"

他继续梳着我的头发,但是,和刚才的感觉不一样了。

那天晚上,我仍然睡在了他的床上。他找了一件白色法兰绒睡袍给我穿,睡袍上有几朵玫瑰。妈妈有件一模一样的睡袍,她放在一个行李箱里,说万一要去医院住院时可以穿。他把闹钟定在七点,放在床头柜上,然后把灯熄灭了。我想到了劳拉,因为他说这个闹钟是在纽约买的,一天晚上很晚了,他出去散步时买的。他说在纽约半夜都可以买东西、看电影。我渴望能和他一起去伦敦,过一两天他就要去了。晚饭时来了一封电报,让他尽快赶到伦敦去。饭后,我在书房里看了这封电报,那时候我们正在吃橘子。电报上说:"老兄,排污系统脚本有麻烦,速来救场。情况很糟。"电报是一个叫萨姆的人发来的,尤金说他必须去几天。他从枪柜里拿出一个帆布旅行包,好提醒自己收拾行李。

"一切顺利。"我说,心想他说不定会把我带上。但他问的是我是怎么处理橘子籽的。

"咽下去了。"我说。里面有这么多籽,一颗一颗去掉不得一天吗?

"咽下去了!"他重复了一遍,然后抬头看着裂了缝的天花板,"我该怎么带你进入社会啊?"

"我会很有礼貌的。"我说,心里确定他一定会请我和他一起去伦敦。但他并没有。

我们早早上了床,他从干衣柜里拿出睡袍递给我,把闹钟定到了七点。

"今晚不太冷。"我们上床后,他说。

房间里的燃油加热炉开了几个小时,空气挺闷热的。

"也不太别扭了,对吧?"他轻快地搓着我冰冷的膝盖,问我是不是常常要抱着半打热水瓶睡觉。我和芭芭有一个热水瓶,两个人共用,我们常夸口说要再买一个,但又觉得似乎太浪费钱了。我们常抢着用那个热水瓶,我有时会早早就上床,就是为了能把自己先暖上。

"没那么别扭了。"我撒了个谎。他的手在我身上游走,手指寻找着我最想被抚摸的地方。我正想的是第二天他就要去伦敦了,要远离我了。这时,我浑身充满了紧张和恐惧,身体紧绷起来。我把睡袍拉到膝盖下面,说要不我们就躺着聊聊天吧。

"可是我想爱你。"他说,"我一整天都在想怎么能爱你,让你感到快乐。"他继续抚摸着我,我虽然心神不宁,但也用抚摸来回应他,希望能让自己不再这么害怕了。但是,那个夜晚仍然以失败告终。

第二天早上,没等闹钟响,我们就起来收拾好,准备回都柏林了。穿大衣时,我听见闹钟响了,但我沮丧到了极点,没有上楼去按。

车上,他几乎一言不发。他的侧脸看着非常阴郁,令人望而生畏。我想,他有一张冷酷无情的脸。

"祝你在伦敦过得愉快。"我说。

"希望如此。"他说,然后问我有没有带上他借给我的那两本书。前一晚上床之前,他借给我两本书,一本是小说,另一本书名是《身体与成熟行为》。

"在这儿呢。"我说着踢了踢放书的那个包。我心里突然闪过一个念头,他要向我要回那两本书了。不过,他没有。

"你去了伦敦会给我写信吗?"我问。

"当然。"他说,不过语气很冷淡,"我会给你寄明信片的。"我悲伤地想,如果我在床上没有那么恐惧,我俩现在的情形该会多么地不同啊。

我想做出一些激烈的反应,我想喊叫,想把他买的新大衣扔回给他,或者在车行驶的时候跳下去。过了一分钟,我又渴望被他抱在怀里,不再害怕,让他高兴起来。我想让他高兴,没有什么是比这个更让我渴望的了。他曾经把我的头发别在耳后,轻轻地说:"我永远都不会让你离开我。"这件事似乎已经过去好几个星期了,然而,实际上就在八九个小时前,我们还在床上,他还在亲吻着我受惊的乳房，乳头像土豆种子一样抽出了小芽。这一切都发生在我的一阵战栗之前。

他把车直接开到商店外面。我让他不要开到那儿，怕伯恩斯太太会从卧室里看到我们。但他没有理会，或者根本就没听见。

我迅速下了车，说了再见，又说了谢谢。

"再见。"他面无表情地说，就像我是个搭顺风车的陌生人。我跑向商店，用钥匙开了门，钥匙早早就握在手里了。然后，我走了进去，没有回头，没有挥手。

过了一会儿，我拉开窗户的百叶窗，外面已经没有了车的踪影。我知道他走了。一切都结束了，圣诞节，亲吻，一切……

7

他已经离开五天了,一点消息都没有。芭芭说他很可能是和妻子安排好了在伦敦相会,我们再也见不到他了。

"你从他那儿还得了件大衣,"她说,"我什么都没落着。"

"不是和他的妻子。"我生气地说,"我看过电报,是工作上的事。"

"肯定是和他娶的那个娼妇。"芭芭说。芭芭坚称所有男人的妻子都是娼妇。

不管怎么样,她说很快就会知道真相了,因为我们现在要去唐尼布鲁克找一个占卜师。我们在唐尼布鲁克教堂下了车,因为以前从来没有来过这个教堂,就快速进去许了三个愿。教堂里面,两个女人正在用柠檬汁瓶子从一个桶里往出盛圣水,她们给我们指了下占卜师的房子。

那是一幢很大的砖房,门厅里铺着地砖,特别冷,有七八个女孩正在等待。其中的三个告诉我们,她们每星期都来,剩下的几个都说以前至少来过一次。

"她特别神。"她们说。她们还说这个占卜师喜怒无常。这个地方让我想起那个修道院——墙砖铺到半腰,女孩们身上带着各种各样的味道,有甜甜的味道,有香水味,还有香皂味,但是没有香烟味。自制的告示牌上用墨水写着"禁止抽烟",连个"请"字都没有。我只要闭上眼睛,就能再次闻到修道院的包菜味,听到一个修女因为芭芭袜子上有个破洞对她严加训斥。

"去那个地方。"芭芭对我说,于是我们一起进了楼下的卫生间去抽支烟。窗台上的碟子里放着一块珍珠色的消毒皂,让那个地方闻起来有种清洁的味道。

"天哪,这地方让人毛骨悚然。"芭芭说,然后我们就到底该走还是该留争论起来。我迫切想知道尤金的事情,所以留了下来。等我们从里面出来坐回自己的凳子上时,又有四个新来的女孩了。对很多女孩来说,这就是一项娱乐活动。她们每星期都来占个卜,而不是去看场电影或者跳舞。

"听着,不要透露任何线索,一点都不要。"芭芭警告我,这时一个中年妇女从占卜师的房间里哭着出来了,大家都盯着她看。我猜她一定是听到了什么糟糕的事情,比如她丈夫离开她去找别的女人了。

"咱们一起进去。"芭芭悄悄说,我说好的。

我们得等一个小时。

"坐下。"我们进了房间,占卜师用冷漠的声音说。我们猜她现在一定情绪很坏,那几个女孩说她要是不说话,就是不高兴了。她坐在电炉旁,喝着茶,一只手握着茶杯取暖。她从头到脚一身黑衣,脸色煞白,应该是从来不外出呼吸新鲜空气的缘故。房间很大,冷风穿堂而过,一扇褪了色的屏风把房间一分为二。芭芭用胳膊肘戳了戳我,意思是说,太吓人了。

"嗯。"占卜师终于开口了。她抓起芭芭的手,就像抓起一个和芭芭的胳膊没有任何连接的东西。

"你为什么戴订婚戒指,你没有订婚。"

芭芭戴的是她妈妈的订婚戒指。

芭芭把戒指取下来,让我帮她拿着。

"麻烦正等着你。"占卜师盯着芭芭小巧的手掌说。可怜的芭芭吓得目瞪口呆,肩膀绷得紧紧的。

"你会嫁给一个有钱人,"她继续说,"不过,要等你离开现在这个已婚男人之后。"

芭芭的脸唰地红了。我知道那人一定是托德·米德。

"你有个弟弟,你的生日在6月。"她说着突然放下芭芭的手,让我俩换位置。她占卜的流程是先看手相,然后读卡牌,最后再解水晶球。一个漂亮的绿色水晶球放在旁边的一张桌子上。

"你会有一段旅行。"她对我说。她头上包着一条黑色围巾,看不到头发,声音低沉,音调极其单调,没有任何起伏。对要告诉我的那些事情,她也完全没有兴趣。

"那是一段不愉快的旅行,"她说,"新年结束之前,你会嫁给一个怪人。你必须嫁给他,因为你会成为一对双胞胎的母亲。"

"双胞胎!"芭芭忍不住笑得前仰后合,停都停不下来。我也一样。不光是我的脸在笑,我的整个身体都止不住地跟着抖动起来。占卜师等着我们停下来,但我们越笑越厉害,最后她一把甩掉我的手,让我们出去。

芭芭开心地站了起来,她已经知道了自己需要知道的一切预言。我试图表达歉意,但占卜师不愿意听。

"退钱。"芭芭欢快地说,从盘子里拿走了我们进来时放进去的两张十先令纸币。

"把钱放下,年轻女士。"占卜师厉声说。芭芭一把扔下钱,我们笑着跑出了房间。

我们刚走到外厅,从侧门伸出一个男人的头,说:"打扰了,小姐们,'雨嗓'的'嗓'怎么写?"

他说话是用鼻子哼的,这下我们笑得更厉害了。

"不知道。"芭芭也带着鼻音说话,"你为什么不在河里逆流蹬自行车?"

那人也笑了起来,他连笑都是用鼻子哼出来的。

"简直就是个疯人院。"我们跑到了院子里的车道上,芭芭说。她说那女人说不定还会放疯狗来咬我们,于是我们一直跑到了马路上。

我们坐上一辆公交车去了格拉夫顿街。折扣季开始了，我们沿着商店橱窗一路看过去。

然后，我们去了戴维·伯恩斯鸡尾酒吧，点了一杯潘诺酒，两人一起喝。我们没有点两杯的钱。

"风骚点。"芭芭说。我们坐在靠近门的座位上，芭芭说肯定会有笨蛋给我们买酒喝。她朝一个穿皮夹克的男人莞尔一笑，那人留着一撇滑稽的鬈曲胡子。

"这杯酒得喝两个小时，要喝到打烊为止。"我喝了一大口，芭芭说。潘诺酒喝着像甘草止咳剂，芭芭往里面一加水它就变浑浊了。她不停地往里面加水，为了能让喝的时间长一点。酒吧服务生问我们一切还好吧。

"我们没钱了。"芭芭说。服务生去给我们端来了两杯啤酒。

"我只能做这么多了。"他说着把啤酒杯放在两个小吸墨纸垫上，上面印着什么东西的广告。

"我会记着你的。"芭芭说。服务生是刚从蒂珀雷里郡来到都柏林的，我们之前的一晚和他说过几句话。

"好的。"他装作勇敢地说。

"我要寄一条袜带给你。"芭芭说。服务生脸红了，咧嘴一笑走了。

"他人真好啊。"我对芭芭说。喝了潘诺之后，再喝啤酒，就觉得味道很寡淡。

"真好！是我的魅力给咱们换来的这些优待好不好！"芭芭说着，又回头看了一眼那个小胡子男人。他站在吧台前，正独自喝着酒。我觉得就凭他那撮胡子，没人能坐在或站在他对面忍住不笑。

"打扰了，您戴表了吗？"芭芭靠过去问他。

戴表！墙上正对着她的脸挂了那么大的一面钟！现在九点二十分了。

那人不安地挪开了，右脸腮帮子颤动了一下。我猜他是觉得哪怕只是和我们说几句话，都会毁了他的好名声。我见过他很多次，他是德奥里尔街上一个店里卖小摩托车的。我一下子就觉得自己怎么这么卑贱，这么丢脸，多希望尤金这时候能来到这里，带我去他家后面那个绿荫掩映的大教堂。

"咱给泥汉打个电话。"芭芭说。这是她挂在嘴边的话，给谁打个电话，谁都行，只要我们没什么事干，就给别人打电话。晚上九点以后，泥汉多半在布兰察斯镇的一个酒吧里喝酒。芭芭拿了三便士出去打电话。

一个乡下人模样的男孩向我走过来，说："我刚一直在找牛肉汁。"

"是吗？"我不耐烦地说，并不想理睬他。我的头发披散到了脸上，要不时拨一下才能露出眼睛。那个男孩就站在那儿看着我。他的外套敞开着,夹克衫也敞开着,里面露出一件亮得刺眼的黄色套头衫。芭芭回来了,他对芭芭重复了一遍,说他进来是想买牛肉汁。

"喝杯威士忌呗。"芭芭说。

"我从来都没有违反过坚信礼誓词,不能喝酒。"他粗声粗气地说,一点幽默感都没有。他在我们的桌子旁坐了下来。

"泥汉呢?"我问芭芭。

"到梅勒雷山告解去了。"每年的1月,泥汉都要去梅勒雷山的熙笃会①修道院斋戒,祷告。每次回来后,他都决心十足,信心满满,但一两星期之后,就又开始喝酒了。

乡下男孩告诉我们,他是从奥兰莫尔来的,到都柏林来是为了看病,去年夏天他出了个事故,现在腿还瘸着。

"我明天要去罗顿达医院。"他说。芭芭大笑起来,因为罗顿达是个妇产医院。男孩在口袋里翻出来一个信封,上面写的地址是里士满医院。信封上布满了黑指印,可以看出来是拆开又重新粘上的。

"可怜的孩子。"芭芭虚情假意地说。男孩给我俩各买了杯威士忌,还买了一个猪肉派,又给自己买了杯咖啡。

---

① 熙笃会成立于1098年,是罗马天主教本笃会后期发展起来的一个修会,又译为西多会。熙笃会隐修士常被称作苦行僧,他们严格按照圣本笃会规修行生活。

"是辆拖拉机,"他说,"直接从我身上开过去了,差点把我轧成肉泥,要不是我爸——"

芭芭在他背后摆摆手,示意我让他住嘴。他声音太大了,所有人都能听见他在说什么。

我们直到打烊时间才离开酒吧,陪那个男孩一起走到了他住的旅店。我们承诺会去医院看他,但知道自己是不会去的。

"咱们可以给他写信,让罗顿达医院转交。"我们跑过亚眠街时芭芭说,我们要赶上最后一趟公交车。

到家后,我们把汤热了一下。

"你越来越呆了。"芭芭说。

"我知道。"我说。整个晚上都无聊,愚蠢,没有意义。什么事都引不起我的兴趣,除非和尤金有关。我想他,想起他会突然心血来潮,一边起舞一边指挥着想象出来的管弦乐队,或者连续劈柴一个小时不停歇。就连他的牧羊犬、他的老房子、里面嘎吱嘎吱响的黑木家具、晚上噼啪作响的百叶窗,想起这些都让我觉得饶有滋味。

"是因为尤金?"芭芭问。

"是的。"我沮丧地说。

汤沸腾了,香味瞬间弥漫这个小小的厨房。我们赶紧打开窗户,让味道散出去,免得乔安娜跑下来。这汤本来是要留着当明天的午饭的。

"他上手了吗?"芭芭问。那两杯酒让她把话说得很直率。

"算是吧。"我说。我想起了那张柔软的床、床单清新的味道、松树上那只叫唤的猫头鹰,羞愧感让我无法呼吸。

"到什么地步了?"芭芭问。

"哎,别问我这些事情了!"

我喝着汤,想起那天晚上吃饭时,叫他去伦敦的电报送来了,安娜是中了寂寞的魔障吧,好奇地问:"有人死了吗?"

"没人死。"他说,然后继续吃着晚饭。安娜面露愠色。那天晚上安娜看着很滑稽,她吃饭时把卷发针拿掉了(尤金可能会说她),深色的长发既不直,也不鬈曲,只是有些地方翘了起来。我能想起那天所有的细节,就连他用的是什么香皂、他的毛巾是什么颜色,都记得清清楚楚。

"你再也别想收到他的信了。"芭芭做出了预言,但是她错了。

第二天早上,我就收到了一封信,芭芭收到了一张明信片。

"你竟敢看我的信!"芭芭说着,一把从我手里夺过明信片,"不老实的小娼妇。"

我上楼去看自己的信。

亲爱的宝贝：

　　你好吗？我们上次分手很不愉快，别以为我没注意到你不高兴了，你急乎乎地往杂货店走的时候，连小胖屁股都在生气。

　　无论如何，我一直都在想你，也原谅了你的一切。这几天一直忙着做这部特别精彩的排水系统的片子，之前告诉过你的。我现在住在酒店里，里面到处都是年轻的美国姑娘！这让我开始怀念以前的日子，但不用担心，这些姑娘没一个像你一样笨，也没一个像你一样漂亮。你这个可爱的、善良的、亲爱的、甜蜜的、脸圆圆的丫头，我已和你缠在了一起，和你狂野的头发缠在了一起，先不要点燃自己，等我回来再燃烧你。我现在已经和你分不开了，陷进你狂野的头发里了。可别把自己点着了，等我回来再燃烧你。

　　你哪天休假的话，去家里给卧室生把火吧，再开窗通通风，安娜肯定靠不住。

　　晚安！

　　　　　　　　　　　　　　　　　　爱你的

　　　　　　　　　　　　　　　　　　　金

信是写在酒店的纸上的，我反反复复看了好多遍。上班路上，他的脸清晰地出现在我眼前，就好像他正和我走在一起一样。他长长的、坚毅的、棱角分明的脸,细腻的皮肤,从颧骨上一捏就起来了。我也能看到他的身体,赤裸着,在房间里走来走去,带着一种奇特的优雅。我还记得他两条毛发旺盛的大腿之间垂下的那一囊滑稽的东西,它曾让我那么害怕。

"不会咬你的。"他说。用手握着,它就像一朵花一样神奇地在我的手指中绽放了。

我不知道下次还会不会害怕。

我在店里写好回信,吃午饭的时候寄了出去。

等我回来吃饭时,前厅里飘着炖菜的味道,桌子上有封打字机打出来的信,是给我的。我的心快乐地跳动起来,心想他又给我写信了,但这封信的邮戳是都柏林的。

信上写着:

> 你是否清楚这个男人品行恶劣,和无数女人同居过,然后又把她们抛弃?如果你继续无视此条信息,我将不得不想办法拿到你父母的地址并告知他们。
>
> 一个朋友

看了这封信,我眼前一黑,几乎晕了过去。我重新读了一遍，注意到在"恶劣"的前面有两个词被划掉了，先是"奸诈"，接着是"坏"，最后才用了"恶劣"这个词。这是一封打印机打出来的信，不知道到底是谁寄来的。

我完全吃不下饭了。我心里知道，暴风雨要来临了。

8

事情发生在下午四点,当时我正往纸箱子里装顾客订的一单杂货。

是新年前夕,我们都忙着处理订单。杂货店的门突然砰的一声被推开,两个个子很小的男人扶着父亲进来了。他喝酒了。

"新年好啊。"父亲对我说。

"新年好。"我的呼吸瞬间变得急促,浑身都颤抖起来。他向那两人介绍了我,说我非常聪明,以后是要参加政府公务员考试的。

"在这个地方没前途,没前途……"他扫视着灰扑扑的货架,看到了放在玻璃柜顶的那排印着"霍尔酒庄"的纸箱子。

"是空箱子。"我说。是空的,只是摆在那里做展示用,酒瓶都拿出来放在柜台下面的柜子里了。

"给我一瓶。"他说。他眼睛通红,眼神狂乱。我从柜子里拿出半瓶,告诉他再没有存货了。他一把撕掉纸封,拔掉塞子,喝了起来。他戴着一顶新帽子。每次要大醉一场时,他总会新买一顶棕色帽子。我家衣柜里塞满了棕色帽子。

他那两个朋友都比我矮,是赛马骑师,他们问能不能在这儿称一下体重,但父亲正靠在那台陶瓷秤上,而且秤也不准了。他们待了一会儿就走了。

"我的好朋友们,给了我特棒的卡拉赛马场的情报。"那两人往门口走的时候,他说。我知道等他们一走远,下一秒他就会开始收拾我。

"没想到你会来。"我说。

"我还没想到这个呢!"他说着把手伸进外套口袋,摸出一封信,说:"我的大小姐,咱们谈谈吧,你怎么活成了个异教徒……"

"这是什么?"我一把抢过那封信,是用打字机打出来的,我心急如焚地读起来。

尊敬的布雷迪先生:

　　当务之急,你必须知道你女儿的情况,以及她和什么人在一起。两个多月以来,她都和一个已婚男人混在一起。那男人没有和妻子住在一起,他在都柏林臭名远扬,人人都知道他是个危险分子。他的钱来路不明,他也没有宗教信仰,把妻子用船送到美国后,就拿自己的房子当隐蔽地点,把年轻姑娘拐过去，给她们下药。你女儿经常一个人到他家里去。我希望现在给你发出警告不会太晚，因为我不希望看到一个品行良好的爱尔兰天主教姑娘毁在一个肮脏的外国人手里。

一个朋友

我又看了一遍，眼里蒙起了一层泪雾，不光因为父亲就站在我身边，怒气冲冲，还因为有人竟然这样看待尤金。

"好啊，让你可怜的老爸这把年纪还要面对这种事。"我原先已经想不起他站起来有多高了，也忘了他的声音听起来有多刺耳。

"这不是真的，"我说，"这些都不是真的。我了解这个人。"我没勇气说出尤金的名字，"芭芭也知道他，还有我的房东，所有人都知道他。"

"他是不是个离了婚的男人？"

"是的，但是……"

他干瘦的脸一下子变得通红。"他在哪儿？我要把他的魂揍出来。"

"他不在这儿。"我说。

"他以后和你一点关系都没有了，你看都别想再看他一眼。"父亲说。

我不能接受。"我自己的事情自己做主，我想做什么就做什么。"

"不要对我这么放肆!"他大吼。

伯恩斯太太跑出来看这一阵吵嚷是怎么回事。她告诉父亲我是个特别好的姑娘,又建议我带他去乔安娜家喝杯茶。她不想让父亲继续待在店里,他一直在大喊大叫,一副疯狂的样子。

乔安娜也不想留他。

"不会吐到我上好的地毯上吧,古斯塔夫也不在。"我们在厨房泡茶,乔安娜对我说。父亲坐在餐厅里,喝着那瓶霍尔酒,扬言要对尤金怎么怎么样。

我从他挂在门厅衣帽架上的旧外套口袋里拿了三镑。他的外套上有一股陈酒和烟草味,各个口袋都装着纸币,我想他应该不会在意我拿走的这几镑。这一定是从放牧的地里得来的钱,虽然杰克·霍兰把我家大部分的地都拿走了,但在靠近地界的地方,父亲还是有几块田的。

喝完茶,乔安娜让我把他带走。这时他已经靠在椅子上睡着了。

我带他出了门,往电话亭走去,打算叫个出租车把他送到火车站。

"你要和我一起回家的,明白吧?"他说。

我走在他前面,和他保持着距离。我说:"我不能离开现在的工作。"

"不要以为你能耍我,"他说,"和我一起回,就这样定了。"他掀起新帽子挠着额头,帽檐在额头上勒出了一道红印。

"不要在大马路上喊了。"我说。有很多顾客都住在这一片,我不想丢人现眼。

"给我回家。"他说。

我不想回家。即便是在情况最好的时候,家带给我的都是悲伤。妈妈溺水后,家里整个都被抵押了,后来又被杰克·霍兰买走了。父亲搬到门房去住,杰克把大房子租给了修女。修女住了一年左右就离开了,因为房子实在是太潮了,而且租金也太高。房子闲置的时候,开始有传言说,有人在那儿看到了妈妈的鬼魂。本来有个银行官员准备租下房子,听到这个传言后便改了主意。杰克没有办法,就让父亲搬回去住几个月,破除这个关于妈妈的愚蠢谣言。父亲搬回去已经有一年多了。姨妈,就是母亲的妹妹,她自己的父亲去世后,就搬去照顾我父亲了。在她香农岛的家里,除了呼啸的风和几只矮脚鸡,连个说话的人都没有,所以她愿意去照顾我父亲,在那儿还能看到邮递员,偶尔还会有一两个人到家里去。

我给最近的出租车站打了电话,叫了一辆车,约定在电话亭外接我们,然后就站在那儿等着。我全身僵硬,脸别到了一旁。

"跟你爸没什么话可讲吗?"

"应该有吗?"我悲伤地说。

我在盘算着,等他一进出租车,我就跑,借口是我把很重要的东西落在乔安娜家了。然而,我即便做好了计划,也完全清楚这有多徒劳。

我们等着车。我的脚趾头很冷。我把脚趾头屈一下,再伸一下,好保持点温度。

"来了。"我扬起手,出租车停了下来。

我把车门打开,他笨拙地钻了进去。他个子太高了,上下车都很不方便。

"哎呀,我忘了带那包衣服了,得跑回去拿一下。"我说。

"跑什么?坐车去拿就行了。"他狐疑地说。

"不用,没必要的,再说,出租车在那个死胡同里也掉不过头,我很快的。"说完,我不顾他还在大喊大叫,便关上车门,朝乔安娜家的方向开始跑。我知道出租车得花上几分钟才能拐到大路上来。我如果能尽快跑到乔安娜家旁边的小路上,就可以敲开第一家的门躲进去。我认识那家的女人,我常给她的两个小孩糖果吃。

我拼命往前跑,撞到了一个瘸腿的人,都没停下来道个歉。就在我要跑到乔安娜家前面那条路的拐角处时,背后传来了车声。

"回来!"父亲喊。我跑得更快了,他喝了那么多酒,追不上我的。但是车又往前开了一点,超过了我。我眼看就要拐上另一条路了,他从车上跳下来,一把抓住我的大衣腰带。

"告诉你,再别想这么干!"

"我不回家,我不回家!"我放声尖叫,希望有哪个路过的人能救救我。

"上车。"他说。我紧紧抓住栏杆不放。

"我要报警。"我说。这时出租车司机也从车上下来了,和他一起把我往车上拽,车门一晃一晃地敞开着。

他们把我往前拽,我担心新大衣(尤金买的)会被扯坏。孩子们在马路对面围着看热闹,出租车司机说我怎么就这么不理智,为什么不跟我父亲走,他是要挽救我,不再让我流落街头。

我在车上尽可能和他保持距离,他一路都在咒骂我,还告诉司机我有多差劲,说我甚至把自己的母亲都早早送进了坟墓。

我伤心地哭着。他说:"就是欠一顿打。"

到了车站,他买了两张单程票。我们过了检票口,下了站台,往火车上走。再有二十分钟左右就开车了。

"想去喝杯茶吗?"火车启动了,他问我。这是我们上车后他说的第一句话。我知道他是什么意思,他是自己想去酒吧车厢,在这种火车上,酒吧车厢和餐车紧挨着。

"不喝,谢谢。"我说,故意不让他得逞,脑子里一直在想要怎么才能逃走,是中途一停下来就跑下车,还是趁他不注意，拉动紧急刹车绳然后跳下去。我在心里勇敢地做着筹划，但他一开口对我说话，我就开始发抖了。

"你去喝杯茶吧。"我说。但他猜到了我的心思，便让我和他一起去。我跟着他在两排座椅之间的过道里穿行，寻找酒吧车厢。

他给自己点了杯双倍量的威士忌，给我点了一杯茶、一个火腿三明治。茶盛在塑料杯里，特别烫，我只好用手帕垫着。

"嘿，这要不是吉米·布雷迪，我名字倒着写。"我身后传来一个声音。

"蒂姆！"父亲说着，站起来和他的老朋友打招呼。他们互相抓住大衣领子，瞪着对方赤红、醉醺醺的脸，嘴里骂骂咧咧地说着真巧。

我只能说声"唉，主啊！"——明白这下更糟糕了，父亲要灌进去两倍的酒了。那人的名字叫蒂姆·希利，以前上学时和父亲一起打过曲棍球。

他们走到吧台，爸爸给蒂姆买了酒，给和蒂姆一起的两个人也买了。我们还没过来时，他们就已经在那里喝了。

"那是我家闺女，我现在带她回家。"爸爸下巴朝我点了一下，那三个陌生人都过来和我握手，有一个紧紧地攥住我的手，我小拇指上戴的印章戒指都嵌进旁边的手指里了。蒂姆给我买了一杯橙汁，过来和我坐在一起。

"挪一下。"他说。我往凳子那头挪,那边是冰凉的,蒂姆坐在我刚才已经暖热了的地方。

"呃,凯瑟琳,是凯瑟琳吧?你好吧?你是个好孩子,你也应该是个好孩子,有那么大方的父亲、那么温柔的母亲。你母亲怎么样了?"

"她去世了。溺水了。"我说。

悲痛瞬间涌上他牛脸一样的面孔,他看着像是要哭出来了。他握住我的胳膊,说哪怕给他两万镑,也不想让这样的事发生。

"好人走得早啊。"他说着抽动着鼻子,要憋住眼泪。

"是的。"窗户上还挂着俗气的圣诞节彩带,亮闪闪的"愿世界和平,愿人间和善"挂在墙上,上面是一幅让人多喝波特酒的图片。

蒂姆想去安慰一下爸爸,我让他不要这么做。如果让爸爸想起妈妈去世的那个时刻,他们会喝下更多的酒。

"你知道的,我连只苍蝇都不会伤害。"蒂姆说。

他后来告诉我他是负责督查香肠厂的,现在要去尼纳,第二天上午在那里有工作要干。

"你要是看到过怎么做香肠!"他嘴巴咧得大大的,头往后一缩,意思是香肠厂有多少不可告人的龌龊。他让我感觉很无聊,但也可以忍受,因为我在他身上看到了新的逃跑契机。我下定决心,等他和父亲开始回忆曲棍球比赛的往事,追忆起曾经得的那些分的时候,我就悄悄溜走，藏到一个卫生间里，一到下一站就下车。

父亲英武地说起那个企图毁掉他女儿的恶棍，那几个人都摇摇头，说我还是个孩子，还不懂事。接下来，四杯橙汁就在我面前摆开。

"给咱唱首歌吧。"蒂姆对父亲说。

"不行了，我老了，咱们一起唱个啥吧。"父亲说。于是他们唱起了《凯文·巴里》，有的唱得快了，有的唱得慢了，但他们也不管。吧台的小伙子看起来有些尴尬，似乎他应该制止他们，但父亲朝他友好地摇了摇拳头，让他跟着一起唱。

"该死的英国佬！"他们唱完后，蒂姆说。

吧台周围响起了赞同的叹息声。

毫无征兆地，父亲突然唱起了"我为珍妮而叹息，长着坚果棕色头发的姑娘"，唱的时候，他一直高高地抬起下巴，把衬衣领子拉开，好像领子快要把他勒死了。他眼中充满泪水，我想，他是想到妈妈了，因为以前他常在圣诞节唱这首歌。那时，我家会开一个牌局派对，妈妈会用两只鹅当奖品。

我向窗外望去，黑暗的、看不到形状的田野从我身边掠过，我们离都柏林越来越远了，一直在往爱尔兰中部的平原飞速驶去。

我心想，现在可以走了。于是我站了起来，准备往出口处溜去。

"你要去哪儿?"父亲喊。

"去更衣室。"我说。我不喜欢说厕所。

"哦,自然需求,自然需求。"蒂姆冲父亲挤挤眼,然后说,"我带这位女士过去。"说完他就拉着我往过道里走。父亲一定告诉过他要盯着我。

"别担心,"他说,我们在摇摇晃晃的火车上往前走,"你会碰到个靠谱的小伙子的,找个你的同类。"

我没有告诉他,但现在我已经明白,我永远都不会嫁给一个和我同类的人。

穿过餐车时,我羡慕地看着人们吃着火腿片、鸡蛋,把干净的餐巾掖到领口,互相说着家常而温馨的话。他们生活中的这种宁静让我越发对自己的命运感到愤怒。

"再往前走我们就太'实在'了吧。"蒂姆说,这时我们已经走过了餐车,又穿过了几节一等车厢,看到人们头靠在亚麻头枕上休息,还有三个神父在玩纸牌。

"我在这儿等你。"蒂姆说。这一次没跑成。

到了尼纳,蒂姆和他的两个朋友要下车了。这几个人道别的场面声势浩大、恋恋不舍,大杯的威士忌碰了又碰。

现在只剩下我和父亲在一起了。

他已经喝得醉醺醺的,正摇摇晃晃地坐在高脚凳上。他从口袋里摸出一盒压扁了的香烟。"来,来一根,抽我的。"他对吧台服务生说。服务生扶着他穿过走道,回到我们那节封闭的车厢,我的手套和一份晚报还留在那儿。有些车厢是开放式的,但我们这节是封闭的。

"我自己可以走。"他嘴里不停地说。

"您当然可以自己走。"服务生说,但仍然扶着他。

父亲在角落的一个座位坐下,眼睛瞬间就闭上了。

下一站是罗斯克雷,但我知道至少还要半个小时才能到站,那时他说不定就醒过来了。我坐在座位上,慢慢往窗边挪,窗户上面有一根紧急刹车绳和一个红色标识,上面写着"仅限紧急情况下使用,违者罚款五镑"。我要拉这个紧急绳!我一边祈祷着以召唤勇气,一边尽量想象这样做的乐趣,想象乘警会突然将他叫醒,然后要罚他五镑。到那时,我已经走了,消失在了黑暗中的田野里。外面漆黑一片,希望附近能有户人家。接着我又想到,乡下宅院里一般会有恶狗守着大门,但我仍然决定要走。

我轻轻站起来,最后再看他一眼,要确定他还没醒。已经熄灭的香烟松松地耷拉在他的下唇边,他的头向后歪着。我突然有点为他感到难过,他那么虚弱、衰老,而且令人讨厌。

别犯傻了,不要怜悯他,就是怜悯毁了你母亲的一生。我这样告诉自己,同时把手伸向了那条黑色的紧急刹车绳。这时我全身已经抖得像片风中的树叶。

"快拉,快拉!"我低声对自己说。

不知是我焦灼的低语吵醒了他，还是他本来就没有睡着，他突然坐起来，连声问："到哪儿了？到哪儿了？"

我缩回了手，瘫坐到座位上，竟然还有几分庆幸，不需要再经受拉那条绳子的严酷挑战了。"我正往外面看我们到哪儿了。"我说，心里痛恨自己的懦弱。

"你都出门这么久了，还不知道自己到哪儿了。"

他点了一支烟，也不知道用了什么办法，之后竟然一路都保持着清醒。到站后，一辆出租车在昏暗的车站接我们。傍晚早些时候，我给姨妈发过一封电报。

家里的厨房和我记忆中一样阴郁——父亲的旧衣服搭在椅子上，一枝褪了色的棕榈叶插在一幅《圣心》画后，画的前面点着一盏小小的红色油灯。我们把他扶到床上，然后姨妈就开始教训我了，如我所料。

姨妈泡好了茶，我们吃了圣诞节剩的蛋糕。蛋糕放在一个生锈的饼干盒子里，很难吃。但为了让她高兴，我还是吃了。她絮絮叨叨地说着我受过的那些良好教育，说父亲收到那样一封信时是多么震惊。

后来她把父亲的鞋偷偷拿出来藏了起来，这样他第二天就没法出去搞钱喝酒了。我们大声念诵了《玫瑰经》。

怕他把毯子点着，我们还不能去睡觉，就在那儿坐着。过了一会儿，姨妈靠在那张牌桌椅子上打起了盹儿。

这张椅子是母亲用香烟里的优惠券兑的,那是上次战争前的事了。战争开始时,我才四五岁。它对我来说,也没什么影响,只是烟厂的人不再往烟盒里放优惠券,我们也就不能再去兑换这种有绿色帆布椅面的折叠椅了。

姨妈打盹儿的时候,我计划着接下来该怎么办——天一亮,趁父亲没醒,赶首班车离开。我知道这样做是对姨妈的背叛,但我已经下定决心要回到尤金身边了,哪怕会遭受下地狱的永恒诅咒。

我数着自己有多少钱,数着时间,听着姨妈轻轻的鼾声。父亲的房间里,时而会传来一两声呻吟,或者汩汩的倒酒声。他房间里的灯一直没有熄灭。

我要再次离开了,永远地离开。

9

天快亮的时候,姨妈坐了起来,用手背揉着眼睛,惊愕地看着我。

"你在干什么?"她问。我已经穿上了大衣,坐在那面有圣像的镜子前化着妆,用的是她的化妆品,我自己的忘带了。我在一个旧信封里找到了粉,在她的祷告书旁边找到了一个残缺的粉扑,甚至还找到了一支口红,虽然这口红看上去像用了就会让你得病一样,已经干了,上面还粘着头发。姨妈不知是从哪儿找到的,她自己从来不用口红。她和我说话时,我正在涂口红。

"我收拾好了。"我尽量用淡定的语气说。

"收拾好干吗?"她边问边用手指捋着灰白的头发,她用烫发钳时经常烧着头发,很多地方都断了。

"我要回去,"我说,"我必须回去上班了。"

"你不能走,不能就这么跑了,别离开我。"她摇摇晃晃地站了起来,"别走,别离开我。"她哀求我,"要是发现你不见了,他会杀了我的。"她憔悴的眼睛里满是泪水。一生都是泪。她这一辈子有太多的悲伤。黑棕部队打来时,一天早上,她年轻的爱人在基拉卢大桥被枪打死。她一辈子都忠诚地守护着被害的爱人,把他的照片放在项链吊坠里戴在脖子上。我不能离开她,她这么善良,已经做了这么多的牺牲。

"不走了。"我疲惫地说。她过来搂住了我,我的脖子感觉到了她潮湿的眼睛。

这一天是新年,我们本来应该去望弥撒,但现在必须待在家里照顾父亲,姨妈说主会原谅我们的。

这时,我们听见奶牛哞哞叫着往院门走,毛拉砰砰地拍着后门。毛拉是个本地姑娘,每天早上和晚上会过来挤奶。

"太太,起来了吗?"她边问边抬起门闩,把头探了进来。她戴着一副新钢边眼镜,咧嘴笑着。

"欢迎回家!"她朝我大喊。不管你离她有多近,她都得用喊的方式,好像时刻都是在迎着狂风说话。

"有只小牛犊悬挂在奶牛肚子外面死了。"她对姨妈说。

"谁死了?"姨妈说着朝天花板翻了翻眼睛,毛拉没头没脑的话把她吓了一跳。

"那只牛犊悬挂在奶牛肚子外面,死了。"能报告这么一件重要事情,毛拉非常兴奋。她说要去找兽医,我们还没来得及阻止,她就已经跑了。我也想去找兽医,兽医就是布伦南先生，芭芭的父亲，我知道他是愿意帮我的。或者他的妻子，玛莎，她会帮我的。我想起他家漂亮的房子，枫木地板上铺着白色地毯，灰色的墙上挂着我和芭芭的照片。我喊着让毛拉回来，但她根本没听到，她在前面的田地里大步跑着，时不时还跳几下，高兴地喊几声。

我们出去看到底发生了什么事。

白天，这个地方看起来更觉荒凉。女贞树篱不知得了什么病，叶子发了黄。野蔷薇花丛被踩得七零八落。篱笆散的散，倒的倒，奶牛从缺口处出出进进。

"降黑霜了。"姨妈说。两条挂出去晾干的抹布被冻得生硬。经过生了锈的空水罐时，姨妈问："还记得老早以前的事吗？"

希基，我家以前的工人，夏天的午后经常站在那儿训奶牛，让它们把水罐里的水喝完。现在，奶牛大多都成杰克·霍兰的了，在更远处的水泥槽里喝水。

和毛拉说的一样，一只小牛犊的头垂在奶牛肚子外面。可怜的奶牛正不停地呻吟，甩动着尾巴，但是我们什么都做不了，只能等着布伦南先生来。姨妈跑回去泡热燕麦片。她走后，去利默里克的公交车从前门开了过去。我落了两滴孤独的眼泪，知道自己注定要留在这一片枯死的蓟草丛中了。

奶牛不吃燕麦片，它的头一直努力向后拧着，想看看那只死了的小牛。

布伦南先生来了,他让毛拉和姨妈把牛慢慢赶到院子里,他在后面开车跟着,一路上要小心地避开地里的树桩和杂草丛生的土墩。

我独自一个人往回走,为那座潮湿又破败的房子透出的悲凉叹息着。我心里想,莫非真像姨妈说的,它是受过什么诅咒吗?寒鸦顺着大大小小的烟囱一会儿飞进去,一会儿飞出来。父亲在厨房里到处找鞋。我不安地从煤桶里找出他的鞋,用一把新鹅翅刷掸去上面的煤屑。

"肯定是掉进去的。"我说。

"掉进去的!"他从碗柜上拿了帽子,都没有等我告诉他病牛的事。他要出去喝酒。

我摆好早餐桌。茶匙污渍斑斑,有股奇怪的味道。妈妈在的时候,会用木条把放刀具的抽屉分成小格,分别放刀子、叉子、勺子。现在,所有东西都混在一起,刀具、旧剪刀、麻绳团、开罐器、变了质的黄油纸,还有牛角。他们用牛角倒煤油或者机油,也用它给小牛喂药。

"你还好吧,刚才都没时间和你握个手。"布伦南先生说,他忙完后过来洗手。我提起水壶往锡盆里倒了水,又拿来一条干净毛巾。

"谢谢。"他说着眼神锋利地看了我一眼。他迅速直奔主题;我想聊一聊芭芭,但他打断了我。"你父亲收到的那封信我看过了。"

"真好笑,人人都愿意相信最坏的事情。"我不知怎么就这样说出来了。

"我对你非常、非常地失望!我本来以为可以信任你。"他说。

我觉得我已经失去了他这个朋友,但我想他的妻子玛莎一定会帮我的,玛莎一向都宣称自己非常懂男人和爱情这类事情。所以他说让我跟他去家里给病牛拿青霉素时,我很高兴。

我们走进有中央供暖的前厅,玛莎正在整理花瓶里的一束玫瑰。

"她来了。"布伦南先生的语气中带着厌恶,他说完就离开了。

"我的天哪,凯瑟琳,你长了有半英尺。"玛莎握着我的手说。一定是蒂姆·海斯,就是我们从车站坐的出租车的司机告诉她我回来了,她看到我一点也不惊讶。

"花挺漂亮的。"我说,感觉有些不自在。布伦南在车里又给我上了一课。

"嗯,你闻一闻。"这是一把塑料玫瑰,但是上面不知洒了什么香水。

"多好看,是不是?"她说。花的味道很呛鼻。

"芭芭还好吧?"她随意地问。

"她挺好的。"

我们进了厨房,她给我泡了一杯茶。墙上新贴了条纹墙纸,我欣赏了一会儿。然后我们点了支烟。

"告诉我都发生了什么。"她说。我坐在桌子的一头,把尤金的事情讲给她听。我只告诉她,我们每星期有几个傍晚会见见面、吃吃饭,他人特别好,长得也挺好。

"你会喜欢他的。"我想说动她。她脸上的表情没有变化,只是频繁地眨着眼睛。

"你能帮我离开这儿吗?"我孤注一掷地问。

"帮你!"她惊叫了一声,精致的鼻孔里熟练地喷出了一缕烟。她紧张地笑了几声,似乎还很享受这种感觉。"你一定是疯了吧,把男人想成那样的。完全不可能!"

"求你了,求你了,你听我说。"我央求她。

她毫不动摇。"我和芭芭的父亲都认为你不能再见这个男人了。"这就是曾经和旅行商贩一起喝鸡尾酒的那个玛莎!

我伏在塑料桌上放声大哭起来,上次这么哭还是小时候,当时我要穿妈妈的乔其纱裙子玩,她不让。

"嘘,嘘!老大要进来了,别让他看到你哭。"她说着从精巧的腕表金链上拽下一条丝绸手帕。

"我会为你祈祷的,真的。你如果去求主,主会帮助你承受这一切的。"她似乎变得非常虔诚了。

布伦南先生和我们一起喝茶,玛莎说起了她去年夏天去上阿默高[①]的旅程。

"看一看那些人对你会很有好处,"她说,"所有男人都提前几个月就开始蓄发,而且并不知道会由谁来扮演耶稣的角色。"她说到"耶稣"的时候低了一下头。

我身体里的一小部分为了安全起见在听她说话,但身体里剩下的大部分都在琢磨怎么才能离开。

布伦南先生说了句什么,我没听见,只看见他朝我皱了皱眉头。

"她正难过着。"玛莎解释说。

"她会好起来的,一两个月就过去了。"他们中不知谁说了一句。

我想大喊几声,但看到他们的眼神,我笑了,故意迷惑他们。

我拿了青霉素,在往回走的路上又想起了他们的眼神:苦涩,坚决。玛莎说我应该待在家里,可以跟着她去技术学校学习钩线和织毯。

我快步走着。头顶上方,云朵在欲雨的天空中迅速掠过,云朵之间,是一片片湖水一样的蓝天。

待在家里!谁将会是第一个提议让我进修道院的人?为什么所有人都这么讨厌一个他们根本就没见过的人?

---

① 德国巴伐利亚州的一个旅游胜地,以每十年演出一次大型耶稣受难剧而闻名。

所有这些婚姻不幸福的人都想确保我回到家里,是要让这样的不幸也在我身上重演?

疯子毛拉藏在墙后面窥探我,我心一沉,知道是姨妈让她守在那儿的,很可能还给了她六便士来干这事。

那天再没有什么事发生,除了姨妈把我叫到一边,悄悄问我身上有没有出什么问题。我说没有,她似乎并不相信。

"但是真的没有!"我又强调了一遍,她这个问题真是龌龊,我非常生气。我想起在那张柔软的大床上,我是如何让他失望。真是巨大的讽刺,我几乎都要笑出来了。

午后,我骑着自行车去村子里买些日用杂物。父亲喝多时就会忘了日常开支这回事,我只好花一点从他挂在乔安娜家的衣帽架上的衣服口袋里偷的那三镑钱。

阵雨过后,太阳出来了。湿漉漉的路面泛着亮光,树篱也闪闪烁烁,仿佛上面撒满了钻石。

我买了火腿片、茶、鸡肉火腿酱、桃子,还头脑一热买了一块不怎么新鲜的打折冰蛋糕,希望它能让我们心情好一些。

村子里,我确定人们都会停下来看我,想要用野蛮的不瞪死人不罢休的眼神杀了我。小孩子们嘴里还喊着什么。难道父亲把那封信给所有人都展示了一遍吗?

"离婚比杀人都可怕。"姨妈总是这么说——我永远都忘不了,忘不了这句话,还有他们瞪我时满是谴责的眼神。

我拨通了绅士先生的电话,想问他能不能开车捎我去都柏林。但接电话的是他妻子。

"请问是哪位?"他妻子问,我吓得一把扔下电话,跑出了电话亭。在总机偷听的女邮政员责怪我怎么能这样。我一直都不喜欢她。小时候,有一次她问我玛莎和布伦南先生是不是睡在两张单人床上,我没告诉她,从此她便对我怀恨在心。

我买了两张明信片,一张给芭芭,一张给尤金,然后赶着去杰克·霍兰的店里,想求他帮帮我。他的酒吧关着门,百叶窗拉起来了。借着微弱的光线,我看见门环下贴着一张墨水写的告示:外出考古,八点返回。

我不能停留,姨妈还在等我喝茶,我只能往家走。我在黄昏中蹬着自行车,装在包里的东西一下一下地碰着我的膝盖,我想起了尤金。有时候,他的形象会突然而清晰地出现在我面前,让我心神不宁。我能看到他胸口的皮肤在汗毛下稍稍发红,那是因为他挠了几下。为了躲一群懒懒散散地走回家去让人挤奶的牛,我靠水渠边骑着。

这时一辆车向我开过来。它老派的外形告诉我,很有可能是绅士先生。我立刻跳了下来,把自行车推到水渠里,向车招手。车没停,但前面有牛群,不得不慢了下来。我气喘吁吁地追上去。开车的人是绅士先生。

"我刚才一直在找你。"我说,他把车窗摇下来。

"凯瑟琳!"他惊愕地说。已经有两年没见他了,他看起来更瘦了,也更憔悴了,但脸上仍然带着那种奇怪的圣像一般的气息,让我想到了月光,想到他曾给我的那些圣洁的吻。

"是的,我回来了。"我说,把胳膊架在车窗上,差不多和他平视着。

"最近怎么样?"他淡然地问。他的语气会让你觉得昨天才和他见过面。我把这看成是害羞的缘故,他每次开始一段谈话,总是这么害羞、慢热。

"不算太糟吧。"我说。此时此地,我不想跟他讲起事情的全部,担心会伤害他的感情。但他是不是已经知道了?好像每个人都知道了我的事情。不管怎样,我知道他会让我上车的,说不定还会带我去兜一圈。

"这么长时间没见你了。"我说。想起曾寄到他都柏林办公室的那些信,我感觉很不好意思。

"我一直特别忙,千头万绪,你知道的。"他的声音还是那样,带点外国味(他有一半法国血统),又非常温柔。

"是的,我常常在想,到底发生了什么?"我说。他曾说服我和他一起去维也纳度几天假,然而在我们要出发的那天傍晚,他并没有来接我。

他悲伤地看着我,暮色下,他的脸看起来更为忧伤。他说:"实际上,这是最好的结果,否则我们都会后悔。"

"我不会。"我实事求是地说。

他皱起了眉头。我知道了,他实际上对我们在一起的时光怀着一种苦涩的羞愧,那时我们互相拥抱,亲吻,彼此说着"我爱你"。

"你还年轻,年轻人会做很多傻事。"他说。

"那不是傻事。那是我生命中最美好的时光……"

他突然直起腰,深吸了一口气。"你是个非常——傻——的小——女孩,你知道吗?"

"我让你感到羞耻了?"

"不,不,不。"他说,带着和以前一样的不耐烦。曾经,我让他在我纪念册上写一些话的时候,我为了能感觉离他近一些,让他把红猎犬留在我那儿的时候,他也是这样说的,"不,不,不"。

"回来很久了?"

"没多久,我要订婚了。"我说,想让他受点伤。

"你父亲知道吗?"

我听到自己的声音开始激动起来。"我们准备办一个很大的婚礼,从利默里克请办宴席的人来……"

"好消息。"他说,然后微笑着看了看表说他该走了。

"想要什么礼物，告诉我。"他说着，白净纤细的手摸到仪表盘上的钥匙，发动了车。

"再见。"他说，神情中又带上昔日那种受了伤的孤独感。他总是让人觉得，不是他想离开你，而是命运，或者是责任，或者是家庭逼迫他离开。我记得在他开车离开的时候，我什么也没有说。

我知道他每个星期三都要去教区神父家打桥牌，这个习惯是去年养成的，当时他重新开始信教，每次去望弥撒都会拿一本大大的弥撒经书，本地人是这么传的。

我扶起自行车，推着往家里走。姨妈是不是在等我，我完全不在乎。夜色降临了，一轮满月指引着我。我非常愤怒，全身都在战栗，没办法骑车。我脑子里想的全是绅士先生苍白的脸，漂亮、无情的眼睛，想到我曾把他当作我的神明。我希望自己能有什么办法伤害到他，因为他的虚伪。

月光把田野和水渠照得一片亮白。几头牛卧在树下慢慢地反刍，一头牛在呼呼地喘着气。月光把我的影子投在身前，有时我的自行车前轮能超过它。

"怎么这么久？"姨妈咳嗽着向我走过来，她有支气管炎。

"没什么。"我说。她让我厌恶、愤怒。所有人都让我厌恶、愤怒。

"家里一点茶都没有了,我想着你用不了这么久。"她说。我推着车走到房子的侧面,把它一推,靠到了侧墙上。姨妈说父亲还没有回来。

我们泡好了茶,打开一听桃子罐头,然而并没有感受到享用美食的快乐。

10

阴郁的三天过去了，除了父亲每天早出晚归，再没什么事情发生。我们都怀疑，他是不是从他叔叔或弟弟那儿筹到了一些钱。

第三天下午，我们把小牛犊埋了，姨妈说开始有味了。毛拉能干男人的活，她已经挖好了一个墓坑，我们把小牛用一辆破旧的手推车推过去。我和姨妈都去了，姨妈说不能指望毛拉把这事做好。小牛装在一个旧袋子里，从外面看不出形状，也看不出装了什么。那是一个非常寒冷的日子。

我想到了尤金，面对这一幅凄凉的情景，他会有什么感想——我们站在一旁，看着毛拉把手推车倾斜过来，把袋子倒进坑里，再把土填回去，最后用她的男式靴子踩实。毛拉常穿长裤和靴子，村里的人都叫她米老鼠。我们雇她，是因为她要的钱不多，会挤奶，还能干一些零活。回去的路上，手推车陷进了泥里，我和毛拉不得不把它抬出来。

"老牛多孤单啊。"毛拉说。把小牛拉去埋葬时,我们把老牛关在一间房子里,怕它顺着气味跟过来。老牛在房子里哞哞哀叫,转着圈奔跑,把地上的石子都踢了起来。那几间外屋摇摇欲坠,东倒西歪的墙上爬满了青藤。

"谁不孤单啊。"姨妈说。毛拉嘿嘿一笑,说她不孤单,因为她晚上要去看电影。流动电影每星期来村里放映一次。

我一直在琢磨怎么才能逃跑,但一想到他们追我的场面就觉得心惊肉跳。

"流不干的眼泪啊。"姨妈凄凉地说。埋葬小牛又触及她的伤心处。死亡一直是压在她心头的一件事。在这个地方,死亡的意义重大。刷成白色的小十字架在路两旁的水渠边这儿插一个,那儿插一个,标记出那些为爱尔兰献身之人的死亡之地。每一天都有谁家的老人死去,或因为流感,或因为中风,或因为到了年纪。不知为什么,我们只听说有人死去,却很少听说谁家有小孩出生,除非出生的是双胞胎,或者婴儿生下来全身发紫,又或者是兽医接的生。

"夜很快就会变长了。"我对姨妈说,想让她高兴点,但她只是不停地叹气。

我们回到家,在厨房吃晚饭。晚饭是咸火腿片、一盆绿包菜,还热了前一天剩的土豆。我们正默默地吃着饭,听到一辆车开近了,停到了房子侧面。看到父亲被一个陌生人扶着下了车,姨妈不停地画着十字。

"美好的夜晚!"父亲说着进了门,递给姨妈一块用牛皮纸包起来的肉,血水浸透了包装纸。那个陌生人也喝了酒,但走路还算稳。

"你要把心安下来!"父亲对我说。我不想回应他,低头专心给一个凉了的土豆剥皮。

"今天在村里碰见了哈格蒂神父,他想和你聊聊。"他说。

我的心剧烈地跳起来,但我什么也没说。

"你要去见见他。"

我在土豆上抹上黄油,慢慢咬着。

"听见没有?"他突然喊起来。

"好了,好了,她会去的。"姨妈说着把他拉到后面的房间里。那个陌生人晃荡了几分钟,等姨妈出来就问她要一镑钱。我们没有钱,给了他三瓶波特酒,这是我们从圣诞节就藏在柜子里的。

姨妈把酒装在纸袋子里递给他,他骂骂咧咧地离开了。我们都不知道这人是从哪儿来的。

我们坐在灶台旁,等着父亲叫。大概九点的时候,他喊叫起来,我赶紧跑进去。

"我可能是要死了。"他说,因为他的胃特别难受。

我心中狂喜,说不定我可以逃走了。我拿来轻泻剂给他吃了。

那天晚上,我们早早就上了床。我睡在姨妈对面的房间里。我关上门,坐在床上给芭芭写了一封长长的信,请求她帮我。那封信写了六七页,一直写到蜡烛快要燃尽。我之前给她寄过一张明信片,但没有回音。我突然想到,他们会不会跟邮局的那个女人打过招呼,把我的信扣了下来。

风从烟囱吹进来,把蜡烛的火苗吹得东摇西晃。房子里通了电,但没灯泡。我把信藏在床垫下,脱下衣服,紫色的胸罩让我想起那个美好的星期天早晨,我和芭芭把我们所有内衣都染成了紫色。芭芭不知从什么地方看到,说紫色是性感色,于是那天做完弥撒回家的路上,我们买了五包染色剂。古斯塔夫这个家伙一定是鬼鬼祟祟地从卫生间的钥匙孔里看到了,乔安娜突然就冲上了楼,推门而进。

"盆子里,毒药颜色啊!"她闯进来大喊。

"你应该敲门,我们可能在做很私密的事啊。"芭芭说。

"毒药水!"乔安娜说着,指向那一盆颜色怪异的水。我们内衣的染色效果非常好,有个男孩还问芭芭她是不是红衣主教的私生女。

我穿着毛衣睡觉。家里毯子不够用,我只盖了一条熨衣服时用的毯子和姨妈自己做的被子。碟子里的蜡烛烧完的时候，我正好侧身躺下来，闭上眼睛，开始想尤金。我想起那天晚上，他让我帮他做一些乘法。关于政治、音乐、书籍、摄像机的内部构造这些，他了如指掌，但算术却不怎么好。我算了一下，如果每棵树卖三十七镑六，他那一百三十七棵树能卖多少钱。树林太密了，他已经把其中一些卖给了当地的一个木材商。已经卖掉的树用蓝漆做上了标记，但他说木材商派了个男孩，晚上去树林里给其他一些树也做了同样的标记。

"将近三百五十镑。"我说，这是估算出来的数字。我们在学校学了估算法，这样就能知道最终得出的数字会不会错得离谱。

"他能从这里面发一笔小财。"尤金说，然后详细给我讲了一棵树从砍倒到做成柜子或椅子的过程。我想象着细密洁白的木板一条一条地摞在一起，上面有美丽的深色木结纹路，金色的锯木屑堆满地面，而他正恼火地说着某人能赚到多少利润。

我还能再见到他吗？我想着想着慢慢睡着了。

早上，姨妈给我端来了茶，说神父捎话过来了，他在等着见我。我穿好衣服，十一点左右出了门。父亲一上午都没下床，疯子毛拉跑到村里买来半瓶威士忌，是赊的账。

只要逃出了这幢房子，我便总能感觉到活力和希望喷涌而出，似乎我还有机会逃离这里，去过我自己想要的生活。

这个早上，阳光灿烂，风呼呼地吹着，田地是生机勃勃的深绿色，天空是温柔的蓝绿色，田地后面的山峦是连绵的烟灰色。

真好，真好！我深深地呼吸着，推着姨妈的自行车穿过田野，往路上走去。

我没有去神父家，因为我非常害怕，而且，我想，也不会有人知道我去了没有。

于是我沿着河边骑着车，准备去旁边的村子里把给芭芭的信寄出去。

路边的田地陷入了冬天的寂静，有些地翻过了，翻出来的深褐色土块看起来没有一丝生气。

我要是会飞就好了。我看着鸟儿一会儿飞在空中，一会儿停留在荆棘灌木和爬满常春藤的柱子上。

我不慌不忙，慢慢蹬着自行车。这条路非常安静，只能听到电线发出的嗡嗡声。粗壮的黑色电线杆撑着电线跨越整片田地，电线哼唱出一首连绵的风中曲。

骑到古林山下时，我下来推着车慢慢往山坡上走。走到半山腰，我停下来看看山上那座已经废弃的粉红色山庄。这座山庄在我心中曾是一个传奇，粉红色的豪宅，四周被杜鹃花树簇拥着，旁边稍远一点的地方立着一间灰色的凉亭。两根石灰石门柱之间的大门已经生了锈，用铁链锁在一起,林荫大道已经彻底消失了。我想起了妈妈。以前,她常常跟我讲,她还是个年轻姑娘时,去那个山庄参加过一次大型舞会,那是她一生中最灿烂的时刻。那天晚上,她坐着一艘船,从香农岛上的家里划过香农湖来到这座山庄,在林荫大道上换好鞋,把旧鞋和雨衣藏在一棵树下。那天,杜鹃花树开满了花,深红色的杜鹃花,她记得那些花的颜色,记得每个和她跳过舞的男孩的名字。晚餐是在一间长长的餐厅里吃的,边柜上放着一排盘子,里面摆满了切好的牛肉。关于那天晚上的妈妈,有人编了一首歌,这首歌从此永远刻在了她记忆中:

> 莉莉·内亚里,天鹅般的姑娘,
> 跳啊转啊,转啊跳啊,
> 差点折了美丽的腰肢,
> 因为是和小丑约翰尼·琼斯一起呀。

"约翰尼·琼斯是谁啊?"我以前常问她。

"是一个男孩。"她会悲哀地回答。

我站在路中间想着所有这些往事,差点被邮车撞上,司机往水渠那边打了一把方向盘才避开我。

"对不起,对不起。"我说,吓得浑身发抖,司机笑了。司机是个脾气很好的男孩,问我要不要搭车。挡风玻璃上贴了一张标示,写着"不能载客",但后面车厢里有两个女人就坐在邮包上。我想到了一个滑稽的场面,说不定她们坐的邮包里装的是从火鸡场运出来的鸡蛋,或者是一座送给别人当结婚礼物的鎏金钟。我拜托他下午回到利默里克时帮我寄一封信。他每天早上都从利默里克出发,把邮件送到沿途的各个村子里,下午再回到利默里克取新邮件。

"没问题。"他说。我把给芭芭的信交给他,又给了他两先令当作报酬。

我上了自行车往家里骑,回家的路大多是下坡,所以不怎么需要蹬车。脚踏板很死,需要上油了。一路上,车胎咝咝地响,辐条嘎嘎地叫,前方的路像一条青蓝色的柏油绸带,蜿蜒着伸向远方。我骑过家里的田地,快要到家时,开始琢磨该怎么跟姨妈说。我心里并不觉得有什么可愧疚的。

一进门,我差点摔倒,教区神父正坐在我家厨房,正拿着家里最好的杯子喝着茶。

"这下回来了。"姨妈说。神父扭头看见我。

"凯瑟琳!我想是有什么事情把你耽搁了,所以过来看看你怎么样。"

"我去的时候您已经走了。"我慌忙回答。

神父冷冷地盯着我。

"神父,我先失陪一下。"姨妈说完就不见了,让神父和我单独谈谈。

哈格蒂神父直奔主题。"凯瑟琳,我从你父亲那儿听到一些关于你的坏消息。坐下吧,给我说说。"

我坐在他对面,姨妈在他后背和椅子靠背的木条之间放了个垫子,他看上去做好了长谈的准备。

"也没什么大不了的。我遇到了一个男人,就这样。"我说,尽量显得淡定一些。他皱起了眉头,这一皱,灰白的额头上出现四道深深的纹路。不知为什么,我突然想起,以前他为了建小教堂需要筹款,每个星期天都会在镇集会厅举办舞会,他自己则坐在饮料吧台当服务员。人们说他会把喝过的瓶子倒空,重新装上柠檬水后便又成了一瓶新的汽水。有一次,希基给了他一镑钱买一张票,结果他没找钱,从此以后,希基每次都准备好正好够买一张票的钱,两先令。

"你正走在一条灵魂堕落的路上。"

"为什么,神父?"我平静地说,双手交叠放在腿上,努力让自己看起来很镇定。我特别想架起二郎腿,但还是控制住了自己,觉得这样不够尊重。

"和这个男人在一起很危险,他没有信仰,没有道德标准。他和一个女人结了婚,又和她离了婚。婚姻是天主的意旨,没有人可以解散这种结合。"他说。

"他看着是个好人。不喝酒,也不干什么不好的事。"我说。

"唉，可怜的孩子。"哈格蒂神父的脸上现出坦诚而一切在握的微笑，这种微笑我从开始上学起就很熟悉了。他常常带着这种微笑，给孩子们发糖果。在我受坚信礼的那天，我的白头巾挂在教堂大门的尖栏上撕破了，他给了我一先令表示安慰。

"要添茶吗，神父？"我问。

"不用了。"他说着用苍白的手盖住瓷杯。那是一杯很浓的茶，加了牛奶。

"想想你永恒的灵魂，"神父像是在圣坛布道，"想想你这样做会给灵魂带来什么样的损害。我们都承受了死亡判决，但没有人知道会在哪一时、哪一分……"

他这番话让我开始焦虑，我垂着头，想不出任何可以回应的话。他的黑皮靴擦得锃亮，可以照出人的影子。

"天主是在考验你的爱；天主让这个人出现在你的路上，诱惑你，这样你就能更加确定对天主的爱。只要你向天主伸出手，他就会恩赐你力量，让你抵挡住这个巨大的诱惑。"

"如果天主是善的，他不会让我下火海的。"我对哈格蒂神父说，这是尤金的原话。

神父挺直了后背，悲哀地摇摇头。"孩子，你没有发觉吗，你这是异端邪说啊！如果不遵从天主的意旨，就不能进入天堂，你是知道的！你这是在背弃天主！"他说着提高了声调。我看着他的眼睛，想知道他的眼睛深处到底是什么，是怜悯，还是仅仅是职责而已。他用手捂住嘴巴，轻轻咳嗽了几声。他希望我能有所回应，但我没什么可说的。

侧门开了，父亲进来了，穿着衬衣和连身羊毛内衣。看到神父，他吃了一惊。

"对不起，神父，我不知道您在这儿。"他说着退回到前厅。

"没关系，布雷迪先生。"

父亲穿上外套，又回到厨房，鞋带拖着，眼睛瞪着，眼睛里布满血丝。他走过去给自己泡了杯茶，说希望哈格蒂神父好好管教管教我，说我脾气太犟，谁的话都不听。犟脾气，对了，我就该这样。不管他们说也好，劝也好，吼也好，我反正就是不回应。我就坐在那儿，摆弄着毛衣袖口，脸上挂着淡淡的微笑，冒着父亲认为我态度太嚣张要打我一顿的危险。我就是这态度。

"她根本就听不进去道理。"父亲说。

"她会听全能的主的。"哈格蒂神父说。

"她回来时连念珠都没有。"父亲说。

"哦，稍等一下。"哈格蒂神父说着，一边在旧黑外套口袋里掏着什么，"我给她带了本小书。"

这是一本很漂亮的皮面小书，侧面印着几个烫金字：师主篇。

"谢谢您，神父。"我接过书，看到自己的一滴眼泪滴在了封面上。

"哎呀,这可真是太好了,哈格蒂神父!"父亲说,然后让我好好谢谢神父,于是我又道了一次谢。神父说我每天都应该读一点,然后效仿耶稣纠正自己的行为。

然后就到了我最恐惧的那一刻。神父让我发誓,永远都不会再见那个离婚男人,永远不会给他写信,永远不会允许自己的思绪再回到和他在一起时发生的那些事情上。

"你能答应吗?"神父问。

"按神父说的做。"父亲说。但我不能答应。

神父又问了一遍,父亲喊叫起来,我低着头,一言不发。父亲更大声地吼起来,神父说:"行了,行了,布雷迪先生。"他让父亲端上自己的茶杯回去睡觉,不要激动了。

"我父亲这个样子,他的罪恶和一个男人有两个妻子同样重。"父亲离开后,我对神父说。

"你太让我吃惊了,"神父说,"怎么这样说你的好父亲。男人哪有不喝酒的,大家都是这样。"

他眉头皱起来的时候,两道眉毛非常浓密。

他再次问:"你能答应我再也不见那个男人吗?"

"我会考虑的。"我说。这是唯一能摆脱他的方式。

"我们来做个痛悔祷告,我们两个,一起来。"他开始说,"啊,天主。"然后等着我重复这三个字。他接着说:"我由衷地感觉到了悔恨。"然后再次等我重复,一直这样，直到说完所有的忏悔词。这么口是心非，我觉得自己真是虚伪极了。

他看看表，说午饭时间到了，于是站起身来准备走。我叫楼上的姨妈下来，对神父表示了感谢。

"不管怎么样，我会在教堂见到你的。"他说，"这个星期天有妇女团会，星期六晚上做告解。"

"知道了，神父。"我说，但没有做出什么承诺。

"她会好起来的，很快就会去参加舞会了。"姨妈下来了，神父对她说。姨妈把神父送到大门口，目送着他，直到看不到他的背影才回来。

"太糟糕了，我们连弥撒的祭品都拿不出来送给他。"姨妈边往回走边说。

我们一点钱都没有。太可笑了，这么大一座房子，住着两个成年人，身上竟然连个两先令的硬币都拿不出来。就算一个流浪汉上门都不会相信的。

"感谢主啊，他能来咱们家。"姨妈说。

她似乎觉得现在一切问题都解决了，我脱离危险了。真是好笑，现在，我要逃离的决心比任何时候都更为坚定。

11

后来,父亲让我们去请大夫过来,他一连几天都吃不下饭,感觉特别虚弱。大夫给他打了一针,告诉我们要限制他每天喝酒的量。我和姨妈轮流守着他,把给他喝的威士忌加在苏打水里,每次都减一点量。仍然没有收到尤金或芭芭的回信,我坐立不宁。

我坐在床边,把杯子举到父亲嘴边。"对不起。"他不停地说。他的手抖得厉害,拿不住杯子,也用不了剃须刀。他像个孩子一样哭着。喝了酒后,他总会不住地哭好长时间,也不好意思和任何人说话。他情绪极度低落,让人害怕。

"你回来了,真好。"他说,"你怎么不抽烟呢?现在的年轻人肯定都抽,这个我是知道的,我很善解人意的……"我想到了尤金的桌子,上面随便放着好几盒香烟,他在有的烟盒上面用清晰方正的笔迹写着"癌症是痛苦的"。

"抽吧,你不抽吗?"父亲说。为了让他满意,我点了一支烟。他什么时候能让我回去呢?

"我一切都是为了你好,这是绝对的。"他说,"那天收到了那么一封信,想到你和那样一个流氓混在一起,我差点都活不过来了。""流氓",这个词让我非常生气,但我压住了怒火。

"我比你活的时间长,知道什么是对的,什么是错的。"他的话中带了几分歉意,他用被单擦着眼泪,又擤了擤鼻涕。

"等我回去了会好好生活的。我会注意的。"我说。

"什么回去?"他在床上坐起来,"你不能回去,就在这儿干点活,给莫莉姨妈和我搭把手。我在考虑——"他说着,意味深长地向我挤挤眼睛,好像要说出世界上最重要的秘密了,"我在考虑,咱们可以在路边开个小店,把门房收拾一下,干出点事来。咱们要打起精神,把这个地方再买回来。"他很认真地说。

"我就是回去一下,把落在乔安娜家的衣服取回来。"我尽量不让自己表现得过于急切。为了能离开,我什么话都可以说。

他攥紧我的手腕说:"哪天去一趟利默里克,咱俩一起去,给你买些新衣服。"

"那不是浪费钱嘛。"我说。

他要再喝一杯,但壶里的苏打水快没了,姨妈让我去杰克·霍兰的店里买一些,趁现在还没关门。姨妈正在厨房里用一个大锡盆做苏打蛋糕,身边的桌子上放着一袋用玻璃纸包起来的褐色葛缕子籽。我们都喜欢在面包里放葛缕子籽,但毛拉不喜欢,她会把这些籽都挑出来,觉得它们是小虫子或者别的什么脏东西。

我拿上那几个空壶,去杰克的酒吧。

"啊,我可爱的红发诗歌,'亲爱的奥伯恩①,平原上最美丽的山庄!'②"我进了商店,杰克念起了诗。他从柜台后面跑出来亲了我一下,鼻头湿湿的、凉凉的。

"老家的天气凉下来了,气温还正常吧?"他问。

"是的,我们正在打扫房子,会给你清理出一车空瓶子。"我说。

"那我会给你们清理出一张大大的账单哦。"他咧嘴一笑,用手指点点我的下巴,"你知道我不让你爸赊账时,他是怎么说的吗?"

"不知道。"我再清楚不过了。

"他说'装在破酒桶里和记在破账本里不是一样的吗',不好笑,一点都不好笑。来,我给你看看什么才是幽默。"杰克指着一个白纸板做的告示,上面用墨水写着:今日不赊账,明日免费喝。

---

① "奥伯恩"(Auburn)与形容头发颜色的"红褐色"(auburn)拼写相同。
② 出自爱尔兰诗人、散文家、剧作家奥利弗·戈德史密斯的诗。

我笑了几声，让他高兴一下。

这天是星期一，生意冷冷清清。一个流浪女人背对我们坐着，正看着空酒杯嘟嘟囔囔地咒骂着。她身上的格子披肩已经褪了色。杰克给她又加了一品脱波特酒，他要等杯子里的泡沫下去，才又从酒桶里舀一点出来。我等了好久好久，终于等到他把酒桶放回柜台，收了流浪女人的钱，对我说："鄙人有声名变得显赫的极大风险。"

"恭喜了！是怎么回事？"我问。

显赫！他现在首先得收拾一下商店，酒瓶上厚厚的一层灰，去年的粘蝇纸还挂在那儿，货架角上缠满了蛛网。显赫！他总得擦干净鼻子，换件衬衣吧。他现在穿的是一件法兰绒灰衬衣，套了件粗花呢马夹，脚上是一双黑靴子。

"鄙人近日常去新教墓园进行私人考古勘察，一些重要物品因此重见天日。"他压低了声音，担心被那个流浪女人听到。他拉开抽屉，给我看放在一小堆蔗糖上面的几样锈迹斑斑的物品：两枚胸针、一个合金杯、一把剑、一个夜壶，还有几团缠绕的金属线。流浪女人从凳子上站了起来，想凑过来看一眼。杰克马上关上抽屉，流浪女人看着快要熄灭的草皮炉火，叽叽咕咕地骂起了脏话。

"杰克，你能帮我一个忙吗？"我问。

"啊，"他说，"我这刚有可能声名显赫了，你就想要嫁给我啦？"

他看着我,灰白的长脸上绽开了笑容,我看着他水灰色的眼睛,意识到他是周围所有人中唯一有同情心的。

"杰克,你能不能帮帮我?"我央求他。

"这话听着很不祥啊。那是不是得用一个小小的吻让一个单身汉干渴的嘴唇欢欣一下呢?"他把我带到包厢里好亲吻我。包厢是从商店里分出来的一个小隔间,用磨砂玻璃围了起来,所以看不到里面。我蜻蜓点水地亲了他一下,算是交了差。其实,我也不介意亲他,他都六七十岁了,我才只有二十一,而且我从生下来就认识他。他爱妈妈,后来又说爱我,还给我们写了诗,但谁也没见过那些诗。他只是透露自己写了诗,然后就把诗藏在布赖恩·梅里曼[①]那本发黄的粘着苍蝇印的《午夜法庭》里。杰克在厨房的壁炉上面放了两本书,这是其中一本,旁边还放着岩盐和牛角念珠。另一本书是《摩尔年鉴》,上面列了个猪牛交易会日子的单子,他根据这个单子事先囤好酒,一桶桶满满的波特酒,为交易会做准备。

晚上,等那些喝酒的人都离开了他的酒吧,穿过漆黑的村庄,回到各自的家,杰克就会坐下来,大声朗读梅里曼的诗。附近有些小孩曾蹲在他窗下偷听,听见他在重复朗诵这样的诗行:"最顽固的恶棍上了山头 / 他头

[①] 布赖恩·梅里曼(约1745—1805),爱尔兰诗人,《午夜法庭》是他最有名的一首长诗。

发已灰白,仍是处男身。"

在那本不正经的小书里,在我闪亮的红褐色头发里,在妈妈羞涩、只言片语的感激里,杰克找到了他的爱。星期天的夜晚,当他把一瓶雪莉酒塞到妈妈怀里,或者害羞地把苹果籽扔到她的上衣领口里时,会换来妈妈几句腼腆的感谢。

"我想离开这里,可他们不让我走。"我说。

"啊,小流浪者,那些有着陌生名字的遥远之地在呼唤,呼唤着你。"他唱起来了,脚上的脏靴子头轻轻踢着一个空烟盒。他走出去给我倒了一杯甜果汁,完全没想过我的口味也许会随着年龄的增长而发生改变。果汁甜得发腻。

"我爱上了一个人,但他们要把我关在家里,不让我去见他。"为了博得他的同情,我稍稍夸张了一些。听我说爱上了别人并不会让他受伤,对他而言,大约十五年前,时间就已停滞不前了,我一直都是那个上学路上会从他商店窗口经过的小孩,会敲敲窗户问声好,然后把一束风铃草留在窗台上。

"整件事我都听说过了,镇上所有人都在谈论这件事。"他说。

他随意地背起了《阿林酋长的女儿》[①]里的几句:

[①] 苏格兰诗人托马斯·坎贝尔(1777—1844)的代表作之一。

"'我会给你一镑银币,帮我们渡到河的那边,回来吧,回来吧,他悲哀地喊,水势迅速减弱[①],奔腾的河水淹没了他的孩子,留下他独自悔恨。'"。

"隔墙有耳。"他说,然后让我跟他走到前厅,从一包新蜡烛里拿了一支。烛光下,他的脸更显苍白,病恹恹的。他把头伸到门外去看了看,确保流浪女人没在偷东西。

"你要什么时候走?"他问。

"随时。"

门闩响了一声,店里进来一个顾客,用硬币敲着柜台。杰克过去招待他,把蜡烛也带走了。我一个人留在黑暗中,听见护墙板后面有老鼠窸窸窣窣的动静。商店里通了电,但杰克没给房子各处都拉上线,太费钱了。

他过了一会儿就回来了,告诉我:"星期五能办成。九点来这儿,我给你找一辆车,把你送到尼纳。"

"你能借我钱坐火车吗?"我非常不愿意开这个口。他答应借给我五镑,条件是一定要还。

"最后一件事,"他加了一句,"我帮你,你帮我。你能不能说服你爸爸和莫莉姨妈,让他们搬回那个舒适的小房子去住?"

"舒适的小房子"就是那间潮湿的门房,杰克想让他

[①] 杰克的背诵与原诗有差异,这句原诗为:水势迅猛汹涌。

们搬回去,然后把那幢大房子租出去。我答应他会尽力而为,但实际上我知道父亲压根就没打算离开大房子。

杰克递给我一小杯威士忌、三壶苏打水,在袋子底下铺上谷壳,防止里面的东西被碰坏。

"把壶放好了,给杰克一个小小的吻吧。"他说。我碰了碰他的嘴唇,收到了两三个笨拙的吻。

"玫瑰堪折直须折。"他说,然后吻了下手指,在我身后挥了挥手。

"你是个天使!"我大声说。我是真心实意的。

我一边往家里骑,一边想着各种各样的借口,能让我星期五晚上出门。裁缝给我提供了解决办法。她站在桥头正提着泔水桶往河里倒,我从桥上过的时候差点撞到她。倒泔水这种事只能在晚上没人看见的时候干。她想拉着我问长问短,我请她星期五晚上到我家来。

到家后,我趁给父亲送两片阿司匹林和一杯茶时说:"星期五晚上我要去利默里克看场电影,布伦南家请我去的。"

他吞下阿司匹林,说:"我可能也会去,要是能起来的话。"

"医生说了,你星期天才能下床。"我提醒他。

"你姨妈呢,她说不定也想去?"他说。

"也许吧。"我说,心里知道姨妈不得不待在家里了,因为要招待裁缝。

我取来了他的剃须刀、剃须皂,还有一碗水,扶着镜子让他刮胡子。

"放的啥电影?"他问,把脸上蘸了肥皂水的胡子刮下来,抹在一个裂了缝的碟子里,那是我专门放在那儿让他用的。

"《穿短裤的上尉》[①]。"我说,想起了在都柏林曾经看到过的一个电影的名字。

"听着应该是部好电影。"他说。

接下来的三天过得非常缓慢。我一直在想象刚跑出去就被发现并抓回来的场面。我特别勤快地干着活,和父亲也聊了很多。我用仕龙搽剂按摩父亲风湿疼痛的地方,每天早上都把茶送到姨妈的床上。

"你要惯坏我啦!"姨妈说。

我对她笑笑,心里想,不会太久的。这几天,我经常保持微笑,担心话说得太多会暴露自己。多微笑,多干活。我用抹布蘸上煤油擦楼下的窗户,还刮干净了院子里石板上的鸡粪。毛拉主动来帮我,像个疯子一样狂刮了两分钟就失去了兴趣,说要去窖里帮姨妈挖土豆。我自己一个人把七间空荡荡、孤零零的房间打扫干净,

---

[①] 电影名实际上是《穿短裙的上尉》(1956)。

房间地板上粘上了斑斑点点的蝙蝠粪。

"楼上有两只蝙蝠。"我没话找话地对父亲说。

"在哪儿?"他跳下床,抄起一把扫帚,身上穿着长内衣裤就跑上了楼,找到那两只正在冬眠的褐色小东西,将它们打死了。

"烦人的鬼东西。"父亲说。姨妈把蝙蝠扫到一片纸板上,下楼倒进炉子里烧了。她说我们必须收拾这几间房了,墙壁很潮湿,壁纸上有些地方都发了霉。但我们做的只是关上门,赶紧下楼去厨房取暖。

星期五的傍晚,喝过茶后,我对着厨房里的镜子化好了妆,进去对父亲说晚安。

"你在我裤子口袋里拿张十先令的票子吧。"他说。我手伸进口袋里找到了那张钞票,钞票褶皱里还夹着烟草末。一支香烟在他口袋里折碎了。

"回头见。"我说。

"好,"他说,"你回来时给我泡杯茶,我要是睡着了就叫醒我。"我没有和他握手,也没做其他任何举动,担心他万一生出疑心。

"你们好好聊吧。"我对姨妈说。她坐在厨房里等着裁缝,身上穿上了最好的黑裙子和最好的鞋子。她系鞋子用的不是鞋带,而是黑丝带。

"好好玩。"她笑着对我说。她是那么慈爱,我差点就控制不住要告诉她真相了。她坐在那里,脸上搽了粉,手拨弄着脖子上的项链和项链坠,看起来很美。她身旁放着喝茶的托盘和抹好了黄油的甜蛋糕。

"不用等我了。"我说着亲了亲她,然后出了门。

12

一出门,我就开始跑。我跑过田地(比走大路安全),跑到乳品厂附近的石栏外,然后又一路跑到了村子里。

杰克说好会给门厅的门留个缝,怕我从酒吧进去会被人看到。我推了一下门,门砰的一声倒了。杰克给母亲守灵的那晚,合页就松动了,他一直都没修。

杰克肯定是听到了声响,他从店里冲到了门厅,手里举着一支蜡烛。

"老天,我还以为黑棕部队又打来了,那晚他们就是直接破门而入的。"他压低声音说。

我接过蜡烛,杰克把门推回原位。他递给我一个信封,里面装了五镑钱。

"我一定会还的。"我向他许诺。

"准备好了?"他低声问,我点点头。他朝店里的顾客喊:"都别走啊,伙计们,等我回来。"

他领着我穿过狭窄的门厅,走到厨房,厨房里有两三只鸡卧在壁炉上。

到了院子里,蜡烛瞬间熄灭了。一个人影咳嗽了一声,朝我们走了过来。

杰克对那个人影说:"汤姆·达根,就是这个女人。"

我小声说:"你好。"

我听过汤姆·达根的名字,他住在乡下偏僻的地方,有一只铁手。杰克怎么找了这么个一只手送我。

"你要去哪儿?"达根粗鲁地问。他的声音很粗哑,那一片地方的人都这么说话。这是一种狂风和艰辛磨出来的声音,他们习惯在任何时候都大声嘶吼。

"我要去尼纳赶十一点的火车。"我说。不知道杰克有没有把事情全都告诉他。

"上车。"他说。我上了车,发现我那个座位歪得厉害。杰克祝我好运,他伤感地亲了我一下,重重地关上了车门。车轰隆隆地发动起来,把窗玻璃震得发出哗啦啦的巨响。车在院子里的石头地面费力地蹦了几下,一头扎进了主街。

"大晚上这个鬼钟点还要往外走。"他说,我没吭气。我突然感觉很怕他,想起他有个很古怪的姐姐。他姐姐既不是男人,也不是女人,是半男半女。人们叫他姐姐"老怪",叫他"老鼬",因为他经常毒死老鼠。人们把他俩一起叫作"老怪和老鼬",有时还叫他姐姐"脱衣娘",因为村里有些男孩说要脱掉她的衣服,看她下面到底是什么样。

"这车挺不错的。"我努力恭维他。那车其实非常糟糕，是辆破旧不堪的黑色老福特，车身上的每个零件都在咔嗒咔嗒地响。

路过我家大门时，我以为会看到父亲举着枪在那儿等着，但并没有看到他，只看到一个背影进了那扇小藤条门，一定是裁缝。

我们很快就开到了安静的乡村小路上，拐弯时车身擦到了一道道乱树篱。车开得横冲直撞，我真希望他有两只手。

"你要搞啥名堂？"他粗鲁地问。不知道杰克付了他多少钱，我要不要再给他加点？

"不要问我了。"我尽量让他知道我现在很恐慌，同时又不至于惹恼他。要是他把我扔到路边，那可不是闹着玩的。

"你爸是个好人，所有人都觉得他挺不错，是个体面人。上次在集市上，我还从他那儿买了头小母牛。"他说。

"他常说起你呢。"我撒了个谎。

"现在也说？"我能觉察到他说话时的笑意，"你这一头头发长得真好，盖在枕头上肯定漂亮得很。"前一天，姨妈刚用雨水给我洗过头发。

我很害怕他会把胳膊拧到后面来，将那只铁手放在我腿上。我想起曾听说过关于他姐姐的一个故事，说收税员有一次去老鼬家收税,看见那个怪大姐正抓着他在干草堆里滚。收税员说管他税不税的,以后打死都不靠近那扇门了。我现在是不是最好下车自己走?

"多大了?"他问。我说12月的时候满二十一了。

"那就快安定下来了。"他说,然后吹着口哨哼起了歌,"如果我是只黑鸟,就吹起口哨,唱起歌,跟随我的真心爱人开的那艘船……"

过了一会儿,他说:"你要是跟我结了婚,早上我能把茶给你端床上去。"

我假装他是在开玩笑,问他一般怎么泡茶。我眼前又出现了尤金,他一边快速地转着小瓷壶用开水烫着,一边说:"我要教会你的第一件事就是怎么泡一杯好茶,接下来要教给你的是怎么能够言谈温柔,用词妥当。"

"咱去喝杯啤酒。"这时我们开进了因瓦拉一条亮着路灯的街,老鼬这个家伙说着就要停在一家酒吧的门口。酒吧外面的窗户下有二三十辆自行车,乱堆在一起。

"现在不是喝酒的时候啊!"我快要疯了,碰了碰他的肩膀,求他不要停。他继续往前开,过了一会儿,问:"你要不要嫁给我?"

我想起来大家都在说他家里有那个怪大姐,没有哪个姑娘会嫁给他。他在很多报纸上都登了征婚启事,甚至还给都柏林的一家婚介所写过信。

"不。"我疲惫地断然拒绝。要是没有这么焦虑,或许我还能和他开几句玩笑。

"我条件也不错啊。院子里就有水泵,有头牛,我哥还是个神父。哪个女人还能再有啥要求?"他说。

他睡觉前是不是要摘下那只铁手,和衣服一起挂在床头?我已经心急如焚,快失去控制了。

这时我们正开上一条很陡的山坡,他的车呼哧呼哧、咣咣乱震,感觉马上就要罢工了。我坐在车座沿上,指甲都掐进了手掌里,心里在不停地祈祷。水渠边上有一块告示牌发着光,警示前方有三英里的连续拐弯路段。我心想,那是三英里的死亡之路,碰上这么可怕的司机。我们经过站在路口的一伙年轻人时,他们朝我们粗野地乱喊,乡下男孩经常会冲着不认识的车大喊大叫。他摁了下喇叭,意在向他们示好。

"快到了吗?"我问。

"应该不远了。"他说着打开仪表盘上的一个灯,看了下车速表,"破玩意儿,坏了!"他拍了拍车速表,但上面什么都不显示。

公路变宽了,路中间有反光片发着光,远处的街灯隐隐约约地显了出来,也能看到一座教堂黝黑的尖顶了。快要到了。

"你为啥让我送你?镇上还有两辆出租车你咋不用?"车要开进火车站时,他问。

"这是个秘密。"我说着下了车,给了他一张十先令的票子，让他不要说出去。

离发车还有一小时，我坐在女士候车室，吃着一块机器做的湿巧克力蛋糕，每次有行李搬运工过来，我都假装正在埋头看一张捡来的报纸。

十一点左右，车进站了。我提前到了站台，很容易就找到了一节空旷的车厢。这是辆快车，沿途只停两站。两次到站我都藏进了卫生间，担心会有警察搜寻我。马桶冲水按钮上贴着一张打印的告示，上面写着：车辆停靠，请勿冲水。有人用擦不掉的笔在下面写：又来这套，反正是可怜的农民倒霉。

到了都柏林时，我藏了起来，等其他乘客都走了才下车。我低着头，一路贴着墙根走，然后上了车站里仅剩的一辆出租车。

十分钟内，我就到了乔安娜家，房子里漆黑一片。这时大约三点钟，隔了两户的房子里，婴儿正哭闹着要夜奶喝。和往常一样，乔安娜给牛奶瓶盖上了盖子。以前，鸟儿经常一大早飞来偷牛奶上面的奶皮喝，乔安娜很快就断了鸟儿这条路。

我们那间卧室在正面，我从花床里捡起几个泥块扔上去砸窗户，又从小道上捡了几块石子和煤渣往上扔。我又是吹口哨，又是叫，但怎么都叫不醒芭芭。最后我只能去敲门了。古斯塔夫披着外套下来开门，看到我一脸惊恐的样子，他什么都没说就让我进去了，把餐厅的电炉打开，又去冲热可可。电炉发出噼噼啪啪的响声，像是要爆炸一样。我浑身都在瑟瑟发抖。

"你和尤金先生闹矛盾了？"古斯塔夫端着盘子进来，看见我正在哭。

"他来过了？"

"嗯，是的，是的，"古斯塔夫点点头，"他和芭芭一起。他们出去吃了饭，我听他们说的。"我感觉到胃里因为一种新的恐惧而变得空落落的。

"你去睡吧，古斯塔夫。"我说。古斯塔夫去睡觉了，我躺在沙发上眯了一会儿，等到挂钟的指针指到了七，我轻手轻脚地上了楼，叫醒了芭芭。

"哎呀，哎呀！"芭芭打着哈欠坐了起来，扣上天蓝色睡衣最上面的两个扣子。

"我回来了。"我说。

"我能看见。"

"告诉我尤金怎么样了。"

"他三十五岁，快秃头了。"

"他有没有问起过我？"

"有。"

"我估计你没告诉他实情吧？我从家里给你写了信，你都没有给我寄钱，他们把我关起来了，我昨晚才跑出来的。"

"我给你寄了两镑。"她说。我应该想到芭芭是寄了钱的,她有一颗善良的心。

"尤金呢,芭芭,求求你快告诉我,你说我能不能去找他?"

"你都二十一了,你就是把脑袋塞进煤气炉也不犯法,哪怕法律没允许。"她说着下了床,给我拿了点钱,又取出一个旅行包,让我把东西放进去,还拿来了粉盒让我往脸上搽一点。我又是担心,又没睡好觉,现在脸色灰白,皮肤松松垮垮的。芭芭从枕头下拿出她的小金表看时间。

"你得赶快了,你家老头随时都可能扛着干草耙找到这儿的。"我离开之前,她抱了抱我。

"祝你好运,"她说,"一切顺利。"

走到街上,我感动不已,哭了出来,芭芭太好了。我上了进城的第一班车,车上只有六七个人,个个看起来面色苍白,满脸痛苦,和我一样。

我去邮政总局发了两封电报。一封给尤金,写的是"坐中午的车到",另一封给姨妈,写的是"独自前往英国,勿念,原谅我,写信"。

我想这封电报能迷惑他们,这样就能给我争取几天时间,好决定接下来该怎么办。

最近的咖啡馆九点开了门,我进去买了咖啡和面包。人一旦处于恐慌中,看谁都像是敌人。那个上午,我慢慢地喝着咖啡打发时间,看着每张脸都觉得可疑,中途还换了家咖啡馆，怕被人盯上。

差五分十一点了，我在码头车站上了公交车。车上没有什么能读的，我就看着窗外。过了一会儿，窗户上起了雾，我用手擦了擦，漫无目的地继续盯着外面看。我知道应该演练一下，见了尤金该怎么说，可连这个我都做不到。

这一路似乎非常漫长，但实际上只是一小时左右的路程。到了之后，别人都挤着下车，我让他们先下。要见他了，我感觉有些尴尬。我从窗户往外看，没看到他的车。我赶紧下了车，想着他是不是把车停在街道那边了。然而所有地方连他的影子都看不到。

"这趟车什么时候返回都柏林？"我问司机。他爬到车顶往下递行李和自行车。

"五点钟。"他朝下喊。

还要等五个小时。我咽下了傲气，决定不管怎样都要直接去找尤金。我知道，他只要看到我，就不会再离我而去了。

于是我出发了，走了半英里，看见一个穿着黑外套的高个子人影向我走过来。

是个神父吧，我想，或者是个警察。我跑到一个大门口，翻过去，藏在水渠后面。一条小溪从山上顺着山地流下来，在水渠的管子里往下淌。

我探出头，看见那个身影走近了，是尤金！我赶紧翻过摇摇晃晃的木门向他跑去。他张开双臂,迎着我走了过来。

"嘿,嘿!"他说,我扎进他怀里,从头到尾把一切都说了出来。我讲得太快,把整件事的来龙去脉讲得颠三倒四。我这时实在是太累,也太惊恐了。

"这也太骇人听闻了吧!"他笑着说,觉得我是夸大其词了。

"他们会杀了我的。"我说。

"胡说,现在是20世纪了。"他说着接过我的旅行包,我们一起往他家的方向走去。风呼呼地吹着我们的脸,他说车发动不了了。

"我以为再也见不到你了!"我说。他拉着我的手,隔着毛线手套轻轻拍着我的手腕。

"不会有事的,咱们不会让他们杀了你的。"他说。

不知道他会不会让我和他一起待在他家里。我想留下来,再也不想离开他了。

拐过车道的拐角,我的第一个感觉就是他的房子看上去是那么快乐,那么宁静。石灰粉刷的白色外墙在冬日阳光下闪耀着光泽,楼上的窗户是一片浅浅的金色。

"你看,"他说,"阳光这么灿烂,你也还活着,一切都会好起来的。"我们进了房子。

安娜没有向我问好。她从厨房的桌子上拿了一罐蜂蜜，面带愠色，上了后面的楼梯。

"我的蜂蜜！"他大声喊，故意让安娜听到。我们听到门砰的一声响。尤金说安娜心情不好，她邮购了一条橡胶收腹带，但丹尼斯不给她钱。而且，她也不喜欢我，我不时尚也不阔气，又没有衣服可以送人。

"你坐一下，我给你做一顿豪华早餐。"他说。

他腰上系了条毛巾，我吻了他一下，轻轻的一个小吻。闻着他皮肤的味道，亲吻着他的脸，我再次找到了在他身边的那种舒心的感觉。他煎着火腿和鸡蛋，我在大餐桌的一头摆好盘子。他坐在桌子的一头，我坐在侧面，面对着装着栏杆的窗户和那棵黑色的樱桃树。

"他们把我的信扣了，芭芭给我寄了钱，被他们扣下了。"我说。

"吃饭的时候就不要再说他们的事了，不然会得胃溃疡的。忘了那一切吧。"他说，然后身子靠过来，轻轻抚摸着我的额头。

"干杯！"他说着举起茶杯放到嘴边。他的茶喝起来有股洗发水味，我的也是。安娜在茶杯里放了洗发水，也可能是廉价的香水。我觉得她这行为可真够恶毒的。我们把杯子洗干净，重新倒了茶。

我忧心忡忡，胃都开始难受了。我不停往窗外看。

"我们邻村有个耶和华见证会的人，让人拿折叠刀捅了二十九下。"我说。他的脸整个都皱了起来，显出痛苦的表情。我知道自己说错话了,他的讲究特别多。

过了一会儿,他说:"你看起来像是在炼狱里走了一趟。"

我脸色糟糕,全身发冷,不停地发抖。吃过早饭,我要上楼去睡一觉。

"到我床上去睡吧,暖和点。"他说。于是我上了楼,脱了裙子和鞋子,睡到了那张凌乱的床上。

从我躺下的地方,能看到一棵松树的树梢,树枝在微微颤动,菜园的墙上长了杂草,墙外还有很多很多树。我睡不着。

门轻轻开了,他把头探进来看我有没有睡着。

"嘿。"我跟他打招呼。

"你没睡着吗?"

"睡不着,我很害怕。"

他走过来,把我的头发拢到脸后,摸了一下我的额头,特别烫。他拿了一条湿毛巾放在我额头上,一边说着宽慰的话,一边用湿毛巾盖住了我的额头和眼睛。在那黑暗和潮湿的一小段时间里,他的声音让我感觉很安心。但他把毛巾又拿开了,擦干了我的眼泪。

"是不是好点了?"他问。我的焦虑又开始了。

"你也可以上床来,你要是想的话。"我说。

"不,不。"他摇摇头,淡淡地吻了我一下,"我们如果要发生关系,那一定是因为我们确实想。"

"但是我想。"我说。

"你想,但是原因不对。你想要和我产生联系,仅此而已。你知道我一旦和你发生关系,就会对你产生责任感。"他盯着我的眼睛,我心怀愧疚地把目光转向一边。我的两只眼睛又烫又痒。

"不要生气。"我央求他。

"没人生气,"他平静地说,"但是,你要明白,人和人之间的关系不是这么粗糙,这么简单的。性不是一件独立的事情,是人和人之间感情的一部分,在你精神都快要崩溃的状态下还和你发生关系,那还不如让我去嚼臭袜子……"

我觉得他一定是要摆脱我了,急忙问:"我现在就得走吗?"

"我一直在想,"他慢慢说……"也许,事实上,现在你最明智的做法就是离开。"

"我没地方去。"我说。

"先别着急,保持冷静,听我说。我不是要把你扔到狼群里不管了,我会给你钱,把你送到伦敦住一两个星期,到时候等所有人都冷静下来了,你就可以回来了。"

"我不想离开你。"我看着他苍白的脸和大大的黑眼睛说。他的身体很强壮,很坚实,我想让他保护我,叫我不再受到他们的伤害,不再受到一切我所害怕的事情的伤害。

"求你了。"我说。

他握拳敲了敲额头,说:"唉,老天。"然后又叹了几声气。我想,他一定是开始心软了,他会让我留下来的。

"听着,听着。"他说,我一下坐了起来,好像听到外面有车开过来了,但是并没有车来。他继续说:"要是我们俩都在这儿,他们来了后就可能会逼着你走。要是我们俩都去了伦敦,他们说不定会报警抓我们。所以,明智之举就是你离开,我守在这儿。如果你父亲来了,我就和他讲道理,一两个星期后我再去伦敦找你。"

一阵冰冷的悲哀侵入我的全身。他要把我打发走了。

"你觉得今天他们会来吗?"过了一会儿他问。

"不会,不会这么快的。早上我给他们发了电报,说我要去英国,会给他们写信,他们应该会等一两天。"

"好的,那今天你可以好好休息一下了。明天我带你去柯林斯镇,把你送上飞机。"

我从来没有坐过飞机,想到自己要被捆绑起来就很担心。芭芭说在飞机上要被绑在座位上。

"你会给我写信吧?"我问。

"每天都写。写长长的信。"他抱住我,搂了很长时间,我一直在抽泣、流泪。

"我出门时给你买了个小礼物。"他说着跑下楼去取。

礼物是台便携收音机,他给我演示了怎么操作各个按钮,怎么搜寻不同的电台。

"你到哪儿都可以带着。"他转动旋钮,收音机里传来了轻音乐。他搂着收音机跳起了舞,我不知道他怎么能这么高兴。

我起床洗了脸,吃完午饭后,和他一起去外面散步。

"如果有人来,别让进来。"他朝楼上的安娜喊。

"你是在等查封官上门吗?"她朝楼下放肆地大喊。

尤金皱起了眉头,说安娜是越来越管不了了。外面一点也不冷,风停了,飘起了几点小雨。一片寂静,我们能听到远处树林里有人锯木头的声音。我摘下头巾,让雨滴落在我油腻的头发和发烫的脸颊上。每次只要睡不好觉,我的脸颊和眼皮就会发烫、发痒。我们散着步,他给我讲起了在伦敦看过的一部电影,叫《金色玛丽》。他给我讲了故事情节,描述着扮演玛丽的女孩如何金发碧眼、性感妖娆。他说着这个女孩,还用双手在空中勾勒着她的曼妙身材,我觉得很无聊,很没意思。

我们走到通往湖边树林的那条小道上。小道的一边是松树带,松树像一队绿衣士兵,一个接一个地排成一列。小道另一边是一堵用石块松散砌成的围墙,很多石块都掉了出来。

"你到那儿就能看那部电影了,我会叫红姐带你去。"他说着弯腰捡起三块白色的石头。红姐是他打算发电报让其去接我的一个女人,他说红姐长着一头红发,所以就被叫作红姐。我想这个红姐是不是爱着尤金,我很难想象有哪个女人能在认识尤金后还不爱上他。

"她人好吗?"我问。

"她是个好姑娘。"他淡然地说。他对任何事情都很淡然,雨天、白色的石头、包裹在山雾里的松树,所有东西都一样重要,或一样不重要。我觉得他的心肠是有点硬的。

"你没有伤心吧,亲爱的?"他把手放在我肩膀上,告诉我不要担忧。雨滴落在我外套上,像连绵的珍珠洒落下来。周围的一切都这么安静,让我失去了力气。所有东西似乎都那么不真实。树木被包裹在安静的雾的涡旋中,树干看上去像是矗立在半空;雾气绵延,似乎在田地上方拉起了一道朦胧的帘幕。

"我不想离开你。"我说。这时我们走到了树林边,离湖很近了,雾拉成了长絮,在水面上方一片一片地飘移着。

"也就一两星期的事嘛。"他轻松地说。我们坐在船库的平顶上,望着一直延伸到远处湖岸的那片多石的田地。雾还没有完全沉到地面,田地里的一些地方还可以很清楚地看到。

"没想到这里这么漂亮吧?"他说着伸手指向前方,指着那片湖水,湖边小小的沙滩,浅水处的磊磊卵石,还有更远处,一幢覆着常春藤的白色房子,房顶的烟囱上竖着一根避雷针。他告诉我那是沃克斯小姐住的地方。

"真漂亮。"我说,实际上并不怎么关心。

"夏天更漂亮,我一定要教你游泳。"

"夏天。"我重复着这两个字,感觉好像永远都不能活着见到夏天了。然后我又想到了以往的那些夏天,想到他一定和劳拉在湖里游过泳;游完后,一起躺在那片小沙滩上,沙滩上正好有一棵树冠宽大的栗子树遮挡出一片阴凉。我和他在一起的时候,总是会想到劳拉,就像和父亲在一起的时候,总是会想到母亲。

"劳拉在这里一共住了多久?"我问。

"记不太清了,应该有一年左右吧。"

"她会游泳吗?"芭芭会游泳,还会潜水,可我什么都不会。

"对,她会。"我想让他多说点,但他再没说什么。

下雨天,天很早就黑了。夜色渐浓,周围逐渐暗淡,田地看起来一片凄凉。他从后面推着我往山上爬,用脚探着路,提醒我注意大大小小的兔子洞。

爬到那条松树带和石围墙之间的路上时,我问:"今晚我能睡在你的床上吗?"

"我想可以吧。"他温和地回答。

我暗暗祈祷能有什么事情发生,让我可以留下来。的确有事发生了。

13

喝茶的时候起风了,刮得百叶窗哗哗地响。安娜冲出去收搭在荆棘丛上的餐巾。一只铁皮桶在院子里的石头地上翻滚。

我一整天都提心吊胆,清楚他们必定会来,但如果山里起了一场暴风雨,说不定就会把他们挡住。到了明天,我就走了。

喝完茶,我们坐在书房,一幅伦敦地图摊在腿上,他给我标注出各条街道和各个景点。明天一早我就要走了,他给红姐发了一封电报,让她去接我。

"应该把门锁上。"我说。百叶窗哗啦哗啦的响声让我心烦意乱。

"好吧,我们把门都锁上。"他说。我打着一把手电筒,照着路,同时锁上了盆栽棚的门、后门,还有另一扇侧门。钥匙都锈在锁孔里了,他用一截木棒敲打门闩才将它拔出来。安娜和丹尼斯上了房后的楼梯,回了他们自己的房间，随后便听到从他们的收音机里传来的舞曲。

"跟他们说一下吧，万一有人敲门，别开。"我说。

"胡说，"他说，"他们晚上上了楼之后肯定就不会下来了，听完九点的新闻就睡了。"他很是心高气傲，自己遇上麻烦谁都不愿告诉。

"还有前厅门。"我说。我们拉开门停留了一分钟，透过风声呼啸的夜晚朝外看了看，听见树林在风中呼号。

我们进了屋，坐在书房的壁炉前，他说："离窗户远点，有妖怪。"橡木箱子里装满了木头，他说我们安稳如山，谁都伤不到我们。

前厅角上立着一杆猎枪，我想他是不是应该拿过来，以防万一。

"胡说，你是不是戏看多了。"他说。

我听到风在呼啸，好像还听到有车开近的声音。我一直都能听到车声，但这只不过是我的幻觉而已。我摩挲着他的头发，按摩着他的脖颈后面，他说感觉不错，很舒服。

"相处得挺和谐的，你和我。"他说。

"是的。"我说，心想这时候他很容易就能说出"我爱你"，或"我可以爱你"，或者"我爱上你了"，但他没有这样说，只是说我们俩相处得很和谐。"我们才认识几个月。"他看着炉火说了一句，似乎感觉到了我的失望。

我知道，他相信的是一种缓慢无形的生长过程，要先在孤独、黑暗的深处，远离阳光的地方生出根来。他喜欢种树，看着树成长；他想让我们的关系自然地生长；他还没有准备好接纳我。

"你信主吗？"我突然问，自己也不知道为什么要这么问。

"我现在坐在自己家的炉火前，不信。要是在外面开车开到每小时八十英里，我或许会信吧。看情况。"在我看来，这算是个很奇特的回答。

"你害怕什么东西？"我希望他多少能袒露几分心迹，用他的恐惧笼罩我，这样我就能忘记自己的恐惧。我们也可以玩一下"我是大侦探"游戏，或者干点别的。

"我只害怕炸弹。"他说。这又是一个奇特的回答。

"你不害怕地狱吗？"我说出了自己的第二大恐惧。

"到了地狱我也能找到生火的活，我生火很在行的。"我不理解他的声音怎么能这么平静，表情也这么镇定。我又按摩了一会儿他的脖子，然后把胳膊放下来休息一下。我挨着他坐着，担心我离开他这一阵子该在伦敦怎么生活，得等到风波平息才能回来。这时他说：

"关于地狱这件事，最好的办法就是……"他开始说，但我没机会听完这句话了，就在这时，院子里的狗狂吠起来。狗持续叫了几秒，接着发出一声低沉的警告，几乎像人发出的声音。我跳了起来。

"嘘,嘘——"我跳起来时,被放在地板上的茶盘绊了一下,他向我示意不要出声。他跑到灯前,把火苗调暗,我们一动不动地等着。什么都没有发生,没有脚步声,没有车声,外面只传来了呼呼的风声和哗哗的雨声。但是,我知道他们来了,很快他们就要敲门了。

"不是獾就是狐狸。"他从枪柜里拿出一瓶威士忌,给我倒了一杯。

"你的脸色跟纸一样白。"他说着抿了一口威士忌。狗又叫了起来,这次是持续的狂吠,从它声嘶力竭的动静来看,应该是想从后院的双扇门上方跳出去。我们没锁那道门。我浑身发抖,不住地战栗。

"是他们。"我说,通身冰冷。我们听到了靴子踩上石子路面的声音,还有男人的说话声。突然,从前厅的门那边传来了震耳的撞击声和拍打声。狗仍然在声嘶力竭地吠叫着,在乱拳砸门和狂风呼号声中,我听到自己的心脏在剧烈跳动。有人使劲敲着窗户,百叶窗哗啦啦乱震,这时僵硬的门环也嘎嘎地扣响了。我紧紧抓住尤金的袖子,不住地祈祷。

"主啊!"我说。

"开门!"一个男人喊。

"他们会把门撞开的。"我说,好像有五六个人同时在拍打着门。我觉得自己的心脏都要爆裂了。

"他们怎么敢这么破坏我的房门。"他说着就往前厅走。

"别,别去!"我拦住他,告诉他要冷静,"咱们不开门。"我说,但这话说得太晚了。老家来的人里不知谁绕到了房子后面,只听到后门的金属门闩被人暴躁地推起,接着插销也被拉开了,这时听见安娜喊:"我的天哪,半夜三更的这是要干吗?"

我想她一定是还没睡踏实,手忙脚乱地跑下楼来,以为是我们被锁在门外了,或者是警察来抓我了。

我听见老鼬的声音,他说了我的名字。"我们来是要把这姑娘带走。"

"根本不知道你在说什么,在外面等着。"安娜粗声粗气地说。老鼬一定是径直闯进来了,因为只听安娜喊:"你好大的胆子!"牧羊犬跑出厨房,在过道里叫了起来。其他人还在咚咚地敲着前面的门。

"真是忍无可忍!"尤金说着去开前厅门,我跑进书房,到处看哪里能藏身。我爬到那张空床下面,祈祷他会把人带到客厅里去,他向来不喜欢让人进他的书房,他工作的地方。我听见他说:"这我恐怕回答不了你。"

"把她交出来!"一个声音说,我努力想这是谁的声音。

"快点!"是安迪,父亲的堂弟,牛贩子。我记得每逢开集的前一天下午,就有一群陌生的牛被赶到我家前面的地里,牛群到了不熟悉的地方会一直哞哞乱叫。然后父亲的堂弟安迪就会进我家来喝茶。他坐在厨房里，穿着那件棕色双排扣西服，和父亲讨论着小母牛的价钱。有一次，他给了我一枚三便士的硬币，那枚硬币是那么破旧，上面的国王都给磨掉了。

"我的独生女呢？"父亲大喊。

她在床下，快要憋死了。我祈祷自己只需要在这里待一下，尤金会举着灯把他们领到客厅里去的，然后我是不是就可以藏在谷仓里，那还得带上手电筒赶老鼠！

"我的独生女啊！"父亲又开始喊叫了。

我真恨不得立刻爬出来，把他这独生女的事跟他说一说！

"你要找谁？咱们去那间屋子谈。"尤金说。

但是，父亲已经看到这里的壁炉点着了火，所有人的脚步声都涌进了书房，我的心沉了下去。有人坐在了床上，床板的弹簧碰到了我的背。闻到靴子上那股牛粪味，我猜他是安迪堂叔。还有两个声音我也听出来了，是杰克·霍兰和老鼬。

"这个时候来寒舍做客，你们不觉得有些太晚吗？"尤金说。

"我们要把那个天真可怜的姑娘带回去！"安迪堂叔说。这个出了名的老单身汉，一辈子只跟母牛和公牛讲过话，他一路抽打着牛群，把它们吆喝到乡村集市上去。"把那个姑娘交出来，她要是伤了一根头发，你就等着瞧吧!"安迪大喊大叫,我能想到他那张小人的脸是什么样的,一张吝啬鬼小嘴在一撇红胡子下面一张一合。他走到哪儿都得随身带上胃药,有一次还对我妈妈扬起了手,因为妈妈话里流露出他的牛白吃我家草的意思。那次父亲展示出了他的男子气概,说:"你要敢动我老婆一根手指头,我就把你的头给打烂。"

"这也太野蛮了!"尤金说。

我听见好几下擦火柴的声音,他们坐稳当了。

"请容我说一句。"杰克·霍兰说,他准备介绍一下大家,但父亲让他住口。

"一个离了婚的男人,这把年纪都能给人当爸了,还把我的小女儿给拐走!"

"这件事情要说清楚,不是我把她带到这儿的,是她自己来的。"尤金说。

我心想,他要抛弃我了,要把我拱手交给他们了,妈妈说得没错:"要哭也自己一个人哭。"

"你给她下了药,这事谁都知道。"父亲说。

尤金大笑。我心里想,穿着旧格子衬衫、灯芯绒裤子的尤金,在他们眼里会是多么古怪、多么道德败坏。但愿他的扣子都扣整齐了。我的鼻子吸进了灰尘,开始发痒。

"你是她父亲?"尤金问。

"请容我说一句。"杰克又开口了,这次他成功讲完了他的介绍词。我怀疑出卖我的人就是他。

"是，我是她父亲。"父亲语气低沉地回答。

"去把那姑娘找出来。"安迪喊着。

我又开始发抖了。我无法呼吸。被压在那一堆布满灰尘的弹簧下面，我要窒息了。他们坐在那里决定着我的人生，而我将在此时死去。我将闻着安迪粘着牛粪的靴子死去。太荒谬了。以前安迪来过我家之后，妈妈会把椅子的横档都刮一遍。我默念着简短的祷告词，背着乘法口诀表，还有拉丁文名词的不规则复数形式，默诵着所有我烂熟于心的东西，来分散注意力。我想起《麦克白》里的一句台词，一次学校音乐会演出时，我穿着一件红睡袍念过这句台词："我还能看见你，你的利刃和刀柄上还淌着鲜血……"

"你是天主教徒吗？"老鼬用警察审犯人的口气问。

"我不是天主教徒。"尤金回答。

"你望弥撒吗？"父亲问。

"可是，朋友……"尤金说。

"停！这里没什么'朋友'。你望弥撒还是不望弥撒？你星期五吃不吃肉[①]？"

"让上帝保佑爱尔兰吧！"尤金说。我想他一定是双手举在了空中，这是他不耐烦的时候习惯做的动作。

"不要亵渎神明了！"安迪堂叔大喊一声，啪地一拳

---

① 天主教徒在星期五这一天守小斋，不食肉类。

砸在手掌心。

"喝一杯怎么样,都冷静冷静?"尤金提议,然后闻了闻,说,"要不还是算了吧,你们好像自己带了不少酒。"

我在床下也能闻到他们的酒味,估计这一路他们遇着酒吧就去喝一杯,为了给自己在这个场面下打好气。十有八九大部分是父亲买的单。

"嗯……也许,每人抿一小口会有益于谈判的进行?"杰克·霍兰用他温和、彬彬有礼的腔调提议。

"可不可以给我一杯水?我要吃阿司匹林。"父亲说。

"好主意,我也需要吃一片。"尤金说。一瞬间,我以为事情可以到此为止。听到了倒水的声音。我闭上眼睛,额头放在手背上祈祷着,满头都是冷汗。

"我想你需要明白,你的女儿是在逃离你。我没有拐骗她,我没有强迫她——她是要逃离你,逃离你们这种生活方式……"尤金开始了。

"这说的是啥啊?"安迪说。

"是我们美丽土地的悲惨历史啊,"杰克·霍兰大声说,"异族力量削弱了我们的抵抗意志。"

"这帮人是给姑娘们下了药才把人拐走的,多少爱尔兰姑娘都被断送在了皮卡迪利白人奴隶运输线上。外国人干的。全都是外国人。"老鼬说。

"先生,现在你老婆在哪里呢?你能回答吗?"安迪问。

"你对我女儿干了什么?"父亲厉声问,好像这时才想起他们是来干什么的。

"我没对她怎么样。"尤金说。我心想,他现在是要甩掉对我的责任了,他并不爱我。

"你是个外国人。"安迪轻蔑地说。

"并非如此,"尤金愉快地说,"和你们这些日耳曼蓝色小眼睛比起来,一点都不算外国人,我的朋友。"

"你有什么企图?"父亲突然问,他一定是从口袋里掏出了那封匿名信,"这里写的一些事,能让你毛发倒竖。"

"他没什么毛发,头都快掉完了。"老鼬说。

"我没任何企图。也许到了合适的时间,我会娶她,然后生几个孩子……谁知道呢?"

"啊,那小脚丫跑起来啪嗒啪嗒响。"杰克·霍兰傻乎乎地说,父亲让他闭嘴,别出洋相了。

他并不是真的想要我,我一边想,一边急促地呼吸,心里默念着《痛悔经》,感觉自己就要死了。我不知道自己为什么要藏在这个地方,这个能憋死人的地方。

"你能改吗?"父亲问,尤金自然不知道这话是什么意思。

"改?"尤金不解地问。

"改信天主教。"老鼬说。尤金叹了口气说:"我们为什么不喝杯茶呢?"父亲说:"行,行。"

没完没了,一夜都完不了了。等被发现时,我已经死在床底下了。我肩胛骨中间有个地方越来越痒,实在忍不住想挠一下。

尤金开门去泡茶,一定是发现安娜正在门口偷听,我听见他对安娜说:"哦,安娜,你在这儿啊,那请你给我们端些茶来吧?"然后他好像出去了,因为突然所有人都开始七嘴八舌地说起来。

"她可能是从后门跑了。"父亲说。

"厉害点,伙计,厉害起来。你傻呀,跟着他,小心别让他给跑了。"安迪说。

"可怜的布雷迪,"父亲显然是出去了,老鼬说,"还是个挂着鼻涕的小丫头时就送她去了修道院,给她那么好的教育,到头来就是这么回报她老爹的。"

"打小就不正常,那姑娘,看书,跟树说话。她妈妈把她惯坏了……"安迪说。

"唉,她亲爱的妈妈。"杰克·霍兰叹了口气,开始热切地说妈妈是多么贤淑,另外两人开始对挂在壁炉上方的尤金画像指指点点。

"看看他的鼻子——知不知道他是啥人?这些人很快就要统治咱们的国家啦。"安迪说。

"老天,太可耻了,这么糟蹋一个姑娘。"安迪说。

我心想，要是他们知道我都和他一起睡了整整两个晚上，还没有被他勾引，他们该会有多想不通。

我听到杯子叮当碰撞的声音，尤金和父亲回来了。

"你一年能挣多少钱？"父亲问。如果他们听到他做的是关于老鼠和污水处理的乏味小电影，不知会怎么嘲笑他。

"我挣不少钱。"尤金撒谎。

"你的年纪都能当她爸了，你差不多和我一样老了。"父亲说。

"听我说，"尤金停顿了一下，"大家都这么怒气冲冲的，能解决问题吗？你们为什么不去村子里找个旅店住下呢？明早再过来和凯瑟琳讨论这个问题。早上她就不会那么害怕了，我会尽力说服她去见你。"

"你想都别想。"安迪堂叔说。

"不带走她，我们绝不会走。"父亲也开始威胁他。这时我一下子失去了希望，明白无路可逃了。他们迟早会找到我，把我拖走。我们会冒着狂风，坐上老鼬的车，彻夜不停地开，一路上任他们对我责骂羞辱。如果芭芭在这里就好了，她一定能想到办法……

"她已经过二十一岁了，你不能强迫她。即便是在爱尔兰也不行。"尤金说。

"不能？我们已经赢了自由之战，现在这里是我们的国家！"安迪说。

"我们可以把她送到医院去,她不太正常。"父亲说。

"精神问题。"老鼬补充说。

"这下看你怎么说,啊,这位先生?"安迪朝他大喊,"和一个精神有问题的姑娘发生关系,这问题可严重了,这罪能让你蹲二十年。"

我咬牙切齿,怒火中烧——我怎么这么懦弱,缩在这个鬼地方?这些人让无辜的人蒙羞。愤怒和耻辱的眼泪一颗颗打在我的手背上,我想大喊,我要和他们断绝关系,他们和我没有任何瓜葛,再也不要把我和他们相提并论了。但是,我什么都没有说,只是等待着。

"去把她带来,"父亲说,"快!"我都能想象口水随着怒气从他嘴里喷溅出来。

"听见布雷迪先生的话了没?"安迪大喊。他一定是从床上站起来了,弹簧弹了起来。我想着他小小的蓝眼睛、那撇红胡子,还犯着胃溃疡,那样子该有多么不堪。

"好吧,"尤金说,"从法律上讲,她现在受我的保护,她是我的客人。她如果选择离开这里,那也要出于她自己的自由意志。现在,从我房子里出去,不然我就打电话叫警察了。"不知道他们有没有注意到房子里没有电话。

"你们听到我的话了吗?"尤金说。我心想,天哪,他要挨打了。他不知道这样会有什么后果吗?——"一男子被捅五十七刀后送进了医院。"我开始挣扎着往出爬，准备交出我自己。

我听到他们拳头的第一声响，他一定是被打倒在地了，因为灯掉落在了地上，灯罩碎了一地。

我尖叫着爬出来，摇摇晃晃地站了起来。木柴燃烧的火焰为我照出了眼前的情形。尤金倒在地上，挣扎着想要爬起来，安迪和老鼬对他拳打脚踢。杰克·霍兰想把他们拉开，而父亲好像并不知道自己在干什么，他扯着杰克的衣服，嘴里嚷着："走一边去，傻子，哎呀，杰克，哎呀，杰克，天主保佑，唉，杰克——杰克啊——"

突然，父亲看见了我，他一定以为我是从坟墓里爬出来的——头发乱成一团，满身粘着毛絮和灰尘。他张大了嘴，假牙都掉到了舌头上。他找牙医做的这副廉价的假牙。

"啊，莉，啊，莉莉！"他低声惊呼，抓着假牙向后退了几步。很久以后，我才意识到，他以为那是我妈妈从香农湖底的坟墓里出来了。我那样子一定像个鬼魂——满脸糊着眼泪和灰尘，乱糟糟的头发遮住了眼睛。

我冲老鼬大喊让他住手。这时门突然被撞开，房间里闪出一道红黄的火花，原来是安娜朝天花板开了一枪。惊雷一样的枪声震得我后退了几步，撞到了床，大脑一片空白，嗡嗡直响。我努力保持不动，等着死神降临。我以为自己中了弹，但实际上只是枪声的巨响震到了耳朵，惊吓过度了。我们的嗓子里都吸进了火药的黑烟，我被呛得不停地咳嗽。杰克跪在地上，一边祈祷，一边咳嗽。安迪和老鼬双手捂住耳朵,转身看向门口。父亲靠在椅子上喘着粗气,尤金躺在地上呻吟,用手捂着流血的鼻子。地毯上落了一层墙皮的碎片,白灰和火药的黑烟混在了一起。气味让人窒息。

"里面还有一发子弹,看我打爆你们的头。"安娜说。她身穿睡袍站在书房门口,手里端着尤金的猎枪。丹尼斯站在她身边,举着一支点燃的圣诞蜡烛。

"滚出去!"她对他们喊,稳稳地端着枪指着他们。

"老天,我可不管这事了,这帮人会杀人的。"老鼬喊。我走到尤金身边,他仍然坐在地上,鼻子还流着血。我用手帕捂住他的鼻子。

"不要命的野蛮人啊。"父亲说。他脸色煞白,手里攥着假牙,"她会杀了我们的。"

"要是不滚出去,就把你们的腿打断。"安娜用颤抖的声音说。

"出去!"尤金站了起来,对他们说。他的衬衣撕破了。"出去!快!走!再也不许踏进我家的大门!"

"你有没有一点威士忌?"父亲发着抖问,他的手捂着心口。

"没有,立刻从我家里出去!"尤金说。

"这一晚上啊,这一晚上啊。"杰克悲伤地说着和他们一起离开。安娜侧身让他们过去,丹尼斯拉开了前厅的门。我看见的最后一幕是,老鼬朝我们晃了晃他那只铁钩假手。

尤金用力关上门，丹尼斯插好门闩。我瘫坐在床上，浑身抖成一团。

"对这些人就得这样。"安娜说着把枪放在桌上。

"你救了我的命。"尤金说。他坐在沙发上，拉起裤管。他的小腿正流着血，那是他们刚踢过的地方，他的鼻子也在流血。

"对不起，对不起！"我抽噎着道歉。

"太野蛮了，太野蛮了。"丹尼斯说。我们听到他们在外面争执的声音，还有狗在后院的叫声。

"去拿一下碘酒。"尤金说。我上楼去取，但是没有找到，安娜只好自己上去取了碘酒，还拿来了一条干净毛巾和一盆水。尤金向后靠在椅背上，我解开他的鞋带，将鞋子脱掉。

"嘘——"丹尼斯说。我们听到了车开走的声音。

安娜清洗着尤金脸上和腿上的伤口，她擦碘酒的时候，尤金痛得身体都抽搐起来。

"我不该藏起来的。"我说着，从桌子最上面的抽屉里拿出一条干净的手帕递给他，"我就不该来这儿。"

他用手帕捂着鼻子说："去给自己倒杯酒，喝了就不会发抖了。给我也倒一杯。"

过了一会儿，他止住了鼻血，抬头看着我。他的上嘴唇肿起来了。

"太可怕了。"我说。

"没错,真荒唐,就跟这个国家一样。"他说。

"要不是我,咱们现在会怎么样?"安娜说。

"喝杯茶怎么样?"尤金忧伤地说。我知道,他永远都不会忘记今天发生的这一切,他也永远都不会忘记,他们的行事方式在我身上也留下了一些印记。

那天,我们睡得很晚。他小腿疼,眼皮上的一道伤口也一直在抽痛。过了一个小时他才睡着。我一晚上几乎都没有睡,看着洒满月光的墙壁,一直在想事情。快到黎明时,我忽然发现他已经醒了,正看着我。

"我爱你。"我突然说了这么一句。我并没有打算说这个,或说别的什么,这几个字就这么突然脱口而出了。

"爱!"他说,似乎这是个毫无意义的字。他的头在枕头上挪了一下,面对着我。他笑了笑,闭上了眼睛,又睡着了。我该怎么做才能弥补这一切?我哭了一会儿,后来就起身去泡茶了。

安娜已经在厨房里了,穿上了体面的鞋子和丝袜,准备去望弥撒。

"我还没缓过劲来。"安娜说。

"我这辈子也缓不过劲来了。"我说。然后,我对自己说,他们毁了我,毁了我,毁了我!他再也不会看我一眼了。我不得不离开这里了。

14

安娜望弥撒回来，装了一肚子新闻。

"村里的人都以为你是个电影明星。"安娜说着从蓝帽子里拔出一枚长帽针，摘下帽子，把帽针再别上去，等下个星期天再戴。她说那三个商店里的人都在谈论我。父亲和那几个人在来的路上，去村里那个旅馆喝了几杯。

安娜把煎锅放在炉子上，我发现油脂上有老鼠的爪印。

"我想你今天要走了。"她说。

"我是这么想的。"

十点多了，我给尤金沏好茶端上楼。我端着茶盘，在过道里站了一会儿，突然觉得能在他睡觉时进他的房间是一种荣幸。他睡着的时候，颧骨看起来更高了，脸上带着几分痛苦的神色。

我把窗帘拉开。

"窗帘环会让你给拉坏的。"他说着坐了起来，然后吃了一惊，眼睛瞪得有平时两倍大。

"哦,是你。"看到是我,他很惊讶。他揉了揉眼睛,似乎所有事都想起来了。我把套头毛衣搭在他肩上,在前面挽了一个结。

"茶不错。"他半躺着,头靠着红木床头,小口喝着,如一尊神一般。

安娜咚咚地敲门,然后就闯了进来,他都来不及说等等。

"电报送出去了,明天一早就能发走。"安娜说。电报是发给他的律师的。

安娜告诉我再不下楼去吃饭,炉子上的黑布丁都要烤干了。

"黑布丁!"尤金嗓子里哼了一声。

"你这鼻子可真够好看的。"安娜对他说。

"可能断了。"他面无表情地说。

"哦,可别断了啊!"我说。

"幸好我不是用鼻子赚钱的,"他说,"也不用鼻子做爱。"

"嗯——"安娜站在房间中央,双手叉着腰,扫视着乱糟糟的床和我搭在椅背上的睡袍。

"好了,"尤金对我俩说,"赶紧走吧。"我离开了,但安娜还没出来,我就站在门外听。

"我救了你的命,对不对?"

"没错。我非常感谢你,安娜。记着提醒我给你打一枚皮勋章。"

"你能不能借给我五十镑?我想买台缝纫机,再买点做巴巴蛋糕①用的东西。有了缝纫机,咱们就能把你的衬衣都补好了。"安娜说。

"咱们?"尤金嘲讽地说。

"能借给我吗?"

"你为什么不说'给我五十镑'?我知道这个'借'字没什么意义。"

"那样说不好听的。"安娜听起来像是恼了。

"安娜,我会给你钱的,"尤金说,"这是奖励。"

"好人啊。你自己知道就行,别跟丹尼斯提这事。要是让他知道我有五十镑,肯定会买头牛什么的。"

她从房间里出来了,眉开眼笑的,我赶紧掉头跑开,偷听被抓住太尴尬了。

我心虚地在过道里快步走,安娜在后面说:"你这个是非精!等着,看我把你撵到楼下去。"我们一路跑到了厨房。

安娜读着星期天的报纸。

"看,这女的和劳拉长得一模一样。"安娜指着报纸上一篇关于女继承人爱上理发师的报道说。

---

① 巴巴蛋糕(Baba)是一种酵母蛋糕,经常会用朗姆酒糖浆浇淋、浸泡。

"定制服饰改变性生活。"她大声念着,"我的妈呀,完全不理解这些人,脱衣服时从来都不看看自己是什么样子吗?"

她又念了我们的星相——丹尼斯的、宝宝的、尤金的、我的,还有劳拉的。安娜不管说什么都带上劳拉。午饭后,她和丹尼斯带着宝宝走了,我有一种感觉,劳拉随时都可能回来。怀着这种忐忑不安的心情,我第一次把这座房子仔细参观了一遍。尤金去地里看水泵了。

房子里一共有五间卧室。床垫都卷起来了,衣柜里空空荡荡的,只挂着几个木头衣架。家具都是深色的,已经旧了,也不成套。床边的柜子里都放着夜壶,内侧印着粉红色月季花图案。

在一个衣柜最上面的抽屉里,我发现一个银色的晚宴手袋,在里面找到了劳拉的一个记事本。里面没记什么东西,只有一些名字和电话号码。里面还有一双紫色的晚宴手套,散发着陈旧但依然美妙的香水味道。我把手套戴上试了试,不知为什么,心脏忽然突突地跳了起来。其他抽屉里什么都没有,只有用粉笔做的编号标记。

临近黄昏,我下了楼,挑起了挂灯的灯芯,灯是安娜出门前为我点的。桌上放着那只兔子,安娜放在那儿的时候就是这个样子,皮被剥掉了,已经处理好,可以下锅了。兔子是前一天丹尼斯抓到的。

"晚饭!"我惊呼一声,找了一本烹饪书,在"R"[①]的条目下查找。

> 萝卜
> 炖腰子
> 葡萄干面包
> 葡萄干派
> 葡萄干布丁
> 威尔士奶酪面包
> 树莓

里面并没有提到怎么做兔子。这本烹饪书是劳拉的,扉页上用有力的笔迹写着她结婚前的姓和丈夫的姓。

"晚饭!"我强忍住一滴眼泪,忽然想起早上尤金问过我一句话:"你会做饭吗?"

"算会吧。"我是这么回答的。

我撒了个大谎,长这么大,我从来都没做过饭。如果非要说做过,那就是有一个星期五,古斯塔夫和乔安娜去律师那儿立遗嘱了,我买了两条鱼回去当午饭,一条给芭芭,一条给我自己。芭芭摆桌子,我煎鱼。我根

[①] 英语里兔子(rabbit)是"R"开头的,下面的这些条目在英语里也都是以"R"开头。

本就不知道还要先清洗,直接把灰灰的、圆胖的鱼往大煎锅里一放,就打开了煤气。一开始什么事都没有发生,几分钟后一条鱼的一侧突然爆开了。

"什么东西,臭死了。"芭芭在餐厅里喊。

"就是鱼呀。"我说。这时候鱼的两侧都爆开了。

"就是什么玩意儿?"芭芭捏着鼻子跑进了厨房。

然后她看见了那一堆黏糊糊的东西。她一把端起锅,跑到院子里全倒在了古斯塔夫堆起的肥料上。

"哎哟,"芭芭从院子往屋里走的时候说,"人还在吃生牛肉、啃生骨头的时候,你肯定能活下来。真是个野蛮人!"她把锅放在水槽里,打开水龙头冲着。

我们干脆去伍尔沃思吃饭。那是一顿令人激动不已的午餐,端着大盘子四处走动,想吃什么就往里面放什么——薯条、香肠、抹了蛋奶酱的松糕、咖啡、小罐奶油、柠檬蛋白酥皮派,什么都有。

我坐在这间地上铺着石板的大厨房里,想到了芭芭,哭了起来。长这么大,我从来没有一个人生活过。一个人,完全凭自己的本事生活。我怀着向往的心情回想起我们一起度过的那些夜晚——身上散发着香草精华的味道,心情是那么愉悦。我们逛到最后一般会去电影院,在影院的一片漆黑里,看着宽大的银幕,激动不已,有时还买支巧克力冰激凌给自己加加油。

"唉,主啊!"我想起了芭芭,想起了父亲,想起了所有人。我把头埋在手掌里哭了起来,也不知道自己到底在哭什么。

我出去了三四次,站在前院车道的拐弯处,靠着潮湿的白色大门,盼望着能看到有人回来。但没一个人回来,只看到一个警察骑着车子沿着小路过来,在门房旁停了一下,方便完就又蹬着自行车走了。他可能是到处转转看有没有偷猎的。

尤金回来时,我已经擦干了眼泪。我想,他会不会以为趁他不在,我已经悄悄离开了。

"我还在。"我说。

"我很高兴。"他说着吻了我一下。天色暗了,我们点亮了煤油灯。

我们坐在书房的炉火旁,尤金说:"唉,你这个孤独可怜的小家伙,对你来说,这个蜜月可真不怎么样,是不是?想一些让你高兴的事情吧……比如阳光、山里的小河、吊钟海棠……"

我躺在他怀里,脑子里想的都是接下来会发生什么事。他在留声机上放了一张唱片,音乐飘满了房间。外面,雨点噼噼啪啪地敲打着窗户,雨水渗进了窗框里面。一片安静,只有音乐声和雨声。他闭着眼睛,听着音乐。音乐在他身上产生了一种奇特的效果:他的神情温柔起来,整个灵魂都对音乐发出回应。

"这是马勒。"他说。我本以为他会说:"你可以留下来，也可以离开。"

"我喜欢有歌词的曲子。"我阐明自己的立场。但他的眼睛仍然闭着，我觉得他根本就没听见我说什么。这首曲子让我想到的依然是鸟儿，鸟儿从灌木丛中振翅飞出，惊扰了夏日傍晚柔和的静谧；老家采石场上空的乌鸦形影交叠，长鸣短号，声声相接。这时我又想起了父亲，感觉他们还会再来，就在今晚。

"这首曲子是有词在里面的。"尤金突然说。所以，他听到了我的话。"关于更完美秩序的词，这首曲子讲述了人、人生、进步、战争、饥饿、革命……音乐可以通过像芦笛这样最简单的乐器表达人生灰暗、无形的痛苦。"

我想他说的这是什么呀，该不会有点疯了吧，尤其是这时候我满脑子担心的都是父亲会再来，我感觉和他一下子隔了很远的距离。我找借口说得去看看午饭怎么样了，就赶紧站起来走了。我们把兔子放锅里炖上了。

锅里的兔肉用小火滋滋地炖着，白嫩的肉块和骨头慢慢分离了。我在肉汤里加了玉米淀粉，想让它黏稠一点，结果又太稠了，淀粉结了块，凝成一个个小珠子浮在汤上面。

我心想，只能这样了，然后出去给脸上搽点粉。锅里的热气熏红了我的脸。等我再回来时，尤金正在看报。

我坐在他对面，抬头盯着石灰房顶上那个圆圆的破洞，安娜那一枪的杰作。我心想，等我明天离开这里后，这个东西将会留在我的记忆里，永远都留在记忆里。

"明天我就走了。"我突然说。黄色的灯光照在他额头上，他眼镜片的上半部分映出了一个花瓶的影子。他戴的是一副厚框眼镜。

"走？"他说着从放在腿上的报纸抬起头，"你要去哪儿？"

"也许是伦敦吧。"

"你想去？"

"不想。"

"那你为什么要走？"

"不然能怎么样？"

"可以留下来呀。"

"这样不好吧。"我说，心里却高兴起来，是他提出让我留下来的，不是我自己。

"怎么不好？"

"这样就是硬缠着你了。我可以离开这儿，等我走了，你可以给我写信，然后我也许会再回来。"我说。

"那要是我不想让你走呢，你怎么办？"他问。

"我不信。"我说。他有点生气地抬头看着天花板。我心想，他让我留下来只是在可怜我，或者是因为他太孤单了。

"你为什么想让我留下来？"我问。

"因为我喜欢你。这么多年,我一直过得像个隐士一样,我的意思是,有时候我感觉自己特别孤独。"他突然停了下来,因为这时我的眼睛里已经涌满了泪水。

"凯瑟琳,"他温柔地对我说,平时他一般叫我凯特,或凯蒂,"凯瑟琳,留下来。"他伸手握住我的手。

"那我就待一两个星期吧。"我说。他亲吻着我,说他不知道有多高兴。

我们拉上了百叶窗,一起吃晚饭。兔肉和土豆在勾了芡的酱汁里被碾碎,味道很不错。他说要给我买一枚婚戒,省得安娜和邻居们问东问西地烦我。

"但我们实际上还结不成婚,我还没离婚,而且,还有孩子的事。"他将目光从我身上移开,看向气压记录仪的方格纸上参差的墨迹。我顺着他的眼神看过去,那根弯弯曲曲的线在我眼里就像我们所有人的人生,弯弯曲曲。为了掩饰失望,我说:"其实,我压根就没想着要结婚。"

"走着看吧。"他说,然后笑了。为了让我心情好一些,他给我讲起了他的家庭。

"我母亲有疑病症。"他开始说,好像忘了我见过那个老太太,"她和我父亲是在一个幸运的时代结婚的,那时候妇女的腿都用长裙遮起来了。为什么说幸运呢,因为她的腿就像两根火柴棍。他俩是在格拉夫顿街相遇的。那时,父亲是个游访的音乐家,高个子,黑皮肤,是个外国人,当时他正要去买本法英词典。他彬彬有礼地问那位女士能否告诉他哪里有书店。我,"他拍拍胸脯,"就是那次邂逅的产物。"

我哈哈大笑,心想,太奇怪了,他母亲竟然可以这么迅速地迷住那个陌生人。他继续说,父亲在他五岁左右就离开了他们,他只是隐约记得,父亲下班回家会带着一把小提琴和几个橙子。他母亲在餐厅做服务员,养活他们母子两人。和地球上十分之九的人一样,他曾经生活艰难,童年不幸。

"该你了。"他说着向我打了个优雅的手势。

童年的碎片接踵涌进了我的记忆——坐在后厨的石阶上吃面包、吃糖,偷喝摆出来放凉的滚烫果酱。有时候,一个词就能唤起人对一生的回忆。

我说:"妈妈年轻的时候在美国待过,所有东西她都知道美国说法,'苹果酱''毛线衣''新手''甜品',像这些。"

我接着又想起一些零星的偶然事件。我想起一个流浪女人从后厨窗户偷走了妈妈的新鞋,妈妈去法庭提供了证据,结果流浪女人被判坐一个月的牢,妈妈又后悔了;想起家里的狗会突然莫名其妙地大发脾气;想起黄鼠狼叼走的那几只百天大的小鸡。说起这些,我又看到了那个地方,看到宁静的、绿油油的田野从那幢石头房子前向外延展开去;到了夏天,绣线菊在地头开成乳白色的一片，希基哼着"你怎么能买基拉尼"，像个皇帝一样坐在生锈的割草机上，信誓旦旦地告诉我干牛粪在商店里是当烟草卖的。我看着油脂在餐盘上慢慢地凝固，但仍然坐在那里对尤金说啊说，就像这辈子都没有说过话一样不停地说。尤金是个很好的倾听者。但爸爸喝酒的事我没有告诉他。

午夜过去很久，我们才去睡觉。尤金在前面一瘸一拐地爬上楼梯，我举着煤油灯跟在后面，脑子里傻傻地想，我会不会把煤油灯掉在地上，把那块土耳其红地毯烧了。

"这么说咱俩都需要有个父亲，这就是把咱们连接起来的纽带。"他说。

那天晚上，他没有向我求欢，我们聊的时间太长了，而且他挨打之后身体也不灵活了。

"不用着急的。"我说。

他轻轻抚摸着我的肚子，我们说着温暖、放松的话，哄着对方入眠。

15

星期一下午,尤金的律师从都柏林开车过来了。我们在等他的时候,把客厅里壁炉的火生起来了。这个律师面容严肃,红头发,黄棕色的眉毛,浅蓝色的眼睛。

"你说这些人袭击了盖拉德先生?"他问。

"是的,袭击了。"

"你目击了现场?"

"没,我在那张床下面。"

"那张床?"他不满地挑起了眉毛,冷冷地看着我。

"她表达得太混乱了,她指的是我书房里那张备用床。"尤金马上解释,"那些人来的时候她很害怕,就藏在那张床下面了。"

"对,一张床。"我说,这两人都让我很恼火。

"明白了。"律师冷冷地说着,写下了什么东西。

"你结婚了吗?你的称呼是——?"

"没有。"我回答,瞥见尤金正笑着看我,他似乎是在说,你会结婚的。

律师问了我父亲的教名和姓氏,又问了其他人的姓名和地址。想到是因为我,他们才会收到律师函,我感觉非常糟糕,但尤金说这是没办法的事。

"这只是程序,"律师说,"我们要对他们发出警告,不能再到这里来骚扰盖拉德先生了。你非常确定自己已过二十一岁?"

"非常确定。"我用他的措辞回答。

他接着询问尤金,我坐在那儿把手帕在指头上绕了再解开,解开再绕上。尤金先前已经把他们攻击自己的来龙去脉都做了记录。做这样的事他真是有条不紊。

我端来了茶和新做的司康饼,还有苹果酱和奶油,不过连这些都没能让律师表现出高兴的样子。他和尤金说起了树的事情。

四点钟过了没多久,律师走了,我习惯性地向车子挥了挥手。天色暗了下来,空气中充溢着傍晚各种柔和的声音——奶牛哞哞地叫,树叶沙沙地响,母鸡摇摇摆摆地走来走去,咯咯咯欢快地叫着,享受着晚上被关起来之前的最后一段自由时光。

"好了,完事了。"尤金说。我们回到房子里,他摸了摸茶壶,看茶凉了没有。

"他们再也不会来找我们的麻烦了。"他说着倒了半杯浓茶。

"他们会一直找我们的麻烦的。"我说。把整件事情复述了一遍,我的心情又跌入低谷。

"他们必须接受这个事实。"他说。但是,两天之后的早上,我收到了姨妈的一封信,让我很难受。

亲爱的凯瑟琳:

这几天我们都没合过眼,也吃不下一口饭。不知道你到底发生了什么,我们都要疯了。你要是还可怜我们,就给我写封信,告诉我你现在怎么样了。我日日夜夜为你祈祷!你知道的,你随时都可以回来,家里永远都欢迎你。记得回信。愿天主和圣母看护你,守护你的纯洁和安全。你爸整天除了哭什么都干不了。给他写封信吧。

莫莉姨妈

"不要回信,什么都别做。"尤金说。

"可是我不能看着他们这么担心。"

"听着,"他说,"感情用事对你没有任何好处;一旦做了决定,就要坚持。你要学会对别人心硬,要学会对自己心硬。"他说。

这时候是大清早,我们之前发过誓午饭前永不发生争执。早上他情绪常常不好,喜欢一个人先走上一两小时的路再和我说话。

"那太残忍了。"我说。

"没错,用钉着钉子的靴子踢我也很残忍。如果你给他们写了信,"他警告我,"他们就会来这儿,再来我就不管了,你自己去处理。"他的话说得很尖刻,但这也不能阻止我爱他。

"好吧。"我答应了,然后出去想一想这件事情。树林里,所有东西都一片潮湿,树枝上的水滴滴答答,愁雾笼罩,房子也愁雾笼罩,灰褐色的山头在上方压了下来,深陷于沉郁的忧思中。真是个孤独的地方。

我最终什么也没有做,只是哭了一场。到了下午,他的心情好多了。

那天晚上,他说:"明天我们去趟城里。"他从抽屉里取出一个闲置的钱包,往里面放了一些钱递给我。钱包米色的皮面上,印着几个金色字母,是他姓名的首字母,他说是别人送给他的礼物。

"咱们去给你买枚戒指,再买点别的东西。"他说,然后转身抱起一根大木头往壁炉里塞。趁他背对着我时,我偷偷打开钱包,数了数他给了我多少张纸币。一共有二十张。

第二天,我们在刺骨的寒风中走在格拉夫顿街,我感觉周围的人们似乎要公开谴责我的罪恶。

"砰,砰!"他假装瞄准了我们想象中的敌人射击,但我仍然充满恐惧,所以很乐意逃进一家珠宝店。

我们买了一枚宽面金戒指，他在商店里给我戴上——"执此贵戒，与子同床。"他说。我感觉到一阵轻微的战栗，笑了几声。

我们买了些杂货，买了瓶酒、两本小说，还有几沓信纸。在书店里，我问他是不是很有钱。

"没多少钱了，"他说，"差不多都花完了。不过会有你的嫁妆的，要不，我去工作吧……"他之前说过，到了春天要去南美洲给一个化工公司做一部关于灌溉的纪录片。我现在已经开始焦虑了，不知道他会不会带我一起去。

他去一个酒店里的理发馆理发，把我留在休息厅，让我坐那儿慢慢喝杯苏打威士忌。但他在我的视线里一消失，我就赶快喝完酒，跑到了更衣室，怕万一有人会认出我。我把手洗了一遍又一遍，又补了妆。我每洗一次手，服务员就立刻冲过来递给我一条干净毛巾。我想她一定会觉得我脑子有病，把手洗了这么多次，但这好歹能打发时间。洗完手后，我的戒指灼灼发光，手凑近脸，我都能在戒指里看到自己。

我把指甲边上的肉刺压回去，心想以后不能再啃指甲了。记得小时候，我常常啃着指甲，傻傻地想，等我一到十七岁，就会立刻长大，长成一个淑女，留着长长的指甲，涂着漂亮的指甲油，从此再也没有烦恼。我给了那个花白头发的服务员五先令，她一下子慌了，问要不要给我找零钱。

"没关系,我今天结婚了。"我必须把这事跟谁说一说。她握着我的手,善良的眼睛里充满了泪水,祝我长命百岁,永远快乐。我也流了几滴眼泪,算是陪着她哭吧。她身上带着母亲的慈祥,我特别想多待一会儿,把真相告诉她,然后听她肯定地告诉我,我做得对。但这样太荒唐了,所以我走了。

幸好,等他回来的时候,我已经回到了休息厅,坐到了扶手椅上。即便就这么一小会儿没见,等我再看见他,看着他橄榄色的皮肤、棱角分明的下颌骨,心里都在想,他多好看啊。

"完事了。"他说着弯下腰,用脸颊蹭了蹭我的脸,他还剃了须。

我喷了很多香水,他说我闻起来真是个富家女孩。为了庆祝,我们穿过大堂,走到空空荡荡的餐厅里去吃饭。那个晚上,我们是第一桌用餐的。他点了半瓶香槟,结果等服务生把酒放在冰桶里拿来时,那酒看着非常糟糕,他又退回去了,重新换了一整瓶。我把瓶塞要来了,到现在都还保存着。在我所有的东西里,这个带着小圆银帽的瓶塞是我认为唯一属于自己的。

我们轻轻碰了一下杯,他说:"为我们干杯。"我喝了一口,希望自己能青春永驻。

那是个愉悦的夜晚。理过发后,他的脸看起来很年轻，有种大男孩的感觉。我买了一件黑色连衣裙，用的是他给的钱。在某个角度的光线下，在某些时刻，大多数女人都能有自己的美丽时光——那晚，我有了我的光线，我的时刻，在墙上的镜子里，我看到了我自己，眉目含情，顾盼生姿。

"我要吃掉你，"他说，"像吃冰激凌一样吃掉你。"后来，当我们回到家，上了床，他又说了这句话。那时，他正转过身来爱抚我。他握着我手指上的婚戒转来转去。

"你戴着稍微有点大了，哪天去裁掉一点。"他说。

"可以的。"我感觉懒懒的，喝了香槟酒。再加上他闻着我头发上温热的香气，在我耳边用让人安心的声音说着话，我有些飘飘然了。

"这戒指你要戴很长时间的。"他说。

"多长时间?"

"你能像小女孩一样笑多长时间，就戴多长时间。"

我心里掠过片刻的失望，他从来都不用"永远"这样危险的词语。

"咚咚咚，我要进来。"他说，然后慢慢哄着我，温存地进入我的身体。

"我不害怕，我不害怕。"我对自己说。这些天，他一直告诉我要对自己这样说，要说服自己不要再害怕。刚开始的那一下是痛的，但那一刻的痛唤醒了我，我躺在那里，吻着他赤裸的肩膀，对自己充满了讶异。

我发出一声呻吟，他用吻封住了我的呻吟，我静静地躺着，脚后跟轻轻触摸着他的臀部。这件事很古怪，很滑稽，成为这件事的参与者，非常奇怪。我想起我和芭芭曾经试探着说起过这个特殊的时刻，对它充满了好奇，又为自己有这样的好奇心而感到惊骇。我想起了芭芭，想起了玛莎，想起了姨妈，想起了所有那些把我当成孩子的人，我知道，从此我已无路可退地变成了一个女人。

我没有感觉到快意，只是为自己做了生来就应做的事而感觉到一种奇怪的满足。我一直在想着一些愚蠢的琐事。我对自己说，原来是这样的；我曾恐惧的秘密，我曾渴望的秘密……喷过的香水、失落的叹息、染成紫色的胸罩、床上散落的卷发针、杯中摇曳的鸡尾酒、脖子上闪亮的项链，一切，都是为了这个。在我眼里，这件事既滑稽又美好。他越来越兴奋的身体让我着迷——这节奏如同大海。他在我耳边轻轻说出的爱语让我着迷。细碎的呻吟，微雨般的吻，亲吻，轻声的呼喊，都注入了我的身体。最后，他在我身上停止了，用他的爱冲刷着我。

然后，一切都安静了。那么安静。安静而温柔，那个柔软无力的东西像一朵潮湿的花歇息在我的双腿之间。这一切发生的时候，月光一直照着棕色的旧地毯。我们都没有费心去拉上窗帘。

他静静地躺着,抱着我。泪水慢慢涌上我的眼睛,又顺着脸颊流下来。我侧过头,不想让他误解,他刚才那么快乐。

过了一会儿,他说:"你现在是一个被毁了的女人了。"他的声音似乎是从一个遥远的地方传来的,刚才听了他含糊的爱语之后,我都忘了他说话的声音原来是那么清脆。

"被毁了!"我重复着他的用词,怪异地战栗了一下。

现在我觉得自己和芭芭不一样了,和我认识的任何一个女孩都不一样了。我在想,芭芭经历过这样的事吗?她是害怕,还是喜欢?我想起了妈妈,想起她递给我热汤时总要先吹一吹,想起她在我的袜筒里缝上橡皮筋,好让袜子不滑落。

他挪开身子,仰面躺着,没有了他身体的重量,我感觉到了孤独。他点了一支蜡烛,用蜡烛的火苗点了一支烟。

"嗯,新的身份,责任更大,困难更大。"

"对不起,我不该没受到邀请就这样来了。"我说,听到他说"责任",感觉有些受到了侮辱。我把"责任"和"负担"混淆了。

"没关系的,我不会把你这样的好姑娘赶下床的。"他开着玩笑,我心里却想,他对我的真实想法到底是什么。我不太懂人情世故,说话不得体,也不会开车。

"我会好好学习人情世故的。"我要剪短头发,买几条紧身裙,再买一件塑身内衣。

"我不想让你学会人情世故,只想让你生几个可爱的宝宝。"他说。

"宝宝——"听到他这句话,我差点晕了过去,我坐起来急切地说,"你说过的,我们不要宝宝。"

"不是现在。"他说。我的声调突然变了,他吓了一跳。婴儿让我感到恐惧——我想起芭芭第一次给我说起母乳喂养的那一天,当时我放学后正穿过田地,边走边吃着一袋果味粉,听到后感觉很恶心,现在那种恶心的感觉又来了。那天我恶心得吃不下去,就把果味粉藏在了酸模叶子后面,但芭芭吃完了。

"别担心,"他说,然后扶着我的背把我放回床上,"不用担心这样的事情,最终一切都会好起来的。不要想了,这可是你的蜜月。"

"床好乱啊。"我说,想把自己的思绪转移到简单的事情上来。但我们俩都躺得太舒服了,谁也不想起来整理。他伸手从床尾拿了衬衣和背心,背心裹在衬衣里面。我帮他把衣服穿好,亲了一下他肩胛间凹进去的地方,想起在白日的阳光下他的肩胛是杏色的。

"你饿吗?"他躺下时我问。这时我已经彻底清醒了,想把这个夜晚的幸福再拉长一些。

"不饿,只是很困。"他打了个哈欠,紧靠我躺着。

"我是个好女孩。"他把手放在我肚子上时我说。

"你是个特别棒的女孩。"

"那个也没那么恐怖嘛。"

"不能再和你聊了,"他说,"睡觉吧。"我能感觉到自己的肚子在他的手下面轻轻地起伏。

"你用子宫帽了吗?"我问。

"明晚九点,雅各①家门口见,大肚小姐。"他几乎话音没落就睡着了,手也慢慢地从我肚子上滑了下去。

我本来没想着能睡着,但是不知怎么就睡着了。

等我醒来时,已是满屋明亮,他正盯着我看。

"早上好。"灿烂的阳光照得我直眨眼。

"凯特,"他说,"你睡着的时候是那么宁静。这半个小时我一直在看你,你像个洋娃娃。"

我把头移到他枕头上,这样就能贴着他的脸了。

"嗯。"我快乐地说,然后伸展了一下双脚。我俩的脚尖从凌乱的床尾伸了出来。他说在起床洗漱前我们应该再来一小会儿快乐时光,于是很快地和我做了爱,这一次,这件事好像也没什么奇怪的了。

---

① 此处应为引用《圣经》中犹太人祖先雅各的典故,以其多子多孙,尤其是其妻子利亚的多产,嘲讽凯特对自己受孕可能性的过度高估。

我们一起去卫生间洗漱,炉子还没点着,水很冰冷,洗不成澡。水是从树林里的一个水箱里接出来的,刺骨地冰凉,他用一块湿海绵轻轻地擦着我的身体,冻得我直吸冷气,但又感到有几分快乐的刺激。

"不要,不要。"我央求他,但他说这样有利于血液循环。

他洗自己的那个地方时没有脱掉衣服,只是用接在水龙头上的一个橡胶管哗哗地冲洗,一边洗一边说这东西一直过的是出家人的生活。

"一定要把失去的时间弥补回来。"他说这话的时候,我用一块干净的毛巾把那个东西擦干,问他爱不爱我,这不是个明智的问题。

"幸好你不打呼噜,"他说,"不然就要把你送回去了。"

"你爱我吗?"我又问了一次。

"十年后再问我吧,那时候我就更了解你了。"他说,然后拉着我去吃早餐,告诉安娜我们结婚了。

"哦,真是大喜事啊。"安娜说,但我知道她知道我们说的是谎言。

16

后来,日子过成了一种模式。上午,我们睡到十点多十一点起床,吃点早餐。吃早餐时,尤金看他的信件,有时会读给我听。大多数来信都和工作有关,现在看来,可以确定的是,他必须去南美几个星期,去完成那部关于灌溉的纪录片。而且似乎也没什么可能让他带我一起去了。

"不管怎么说,也得到四五月份了,咱们现在只管享受这美好的一天就行,不需要为还没到来的事情操心。生活就是这样,就是现在,你和我一起吃着煮鸡蛋的这个时刻。"他说。

吃完早饭,我们一般出去散会儿步。这里经常下雨,但下雨我们也不在乎。他带我看了栎子、獾洞,还有很多我以前从来没注意过的东西。他特别喜欢待在外面,沿着树篱散步,在树林里穿行,看着河水慢慢流淌。

他有时会突然说:"看!"我转身,以为会看到个人,结果看到的却是什么动物,往往是一头鹿,或是树木之间一束强烈的绿光。天空的颜色永远都在变化——石板黑、黑蓝、蓝，或白绿。他扮成小丑逗我，驼起背装成老头，两只手套耷拉着，手套的指头晃来晃去，像一个风烛残年的老人的双手。

我们干了点田里的活——把掉下来的石头重新安放到墙上去，修补了篱笆，还把牛群从一片地赶到了另一片里。

"看样子你要留下来了，凯特。"有一天，我们在山上时他说。

"我会再待几星期的。"我回答。我喜欢和他在一起，喜欢和他一起躺在床上，但我也怀念和芭芭结伴去看电影的时光。

下午他在书桌前工作，我帮安娜做晚饭。我们炖肉，用木灰烤土豆，有时还煮水田芥汤。星期天，我们吃饭时会喝点红酒。星期四是订的杂货送来的日子，我们吃腰果和水果。他喜欢过俭朴的生活，吃得也不多。

吃完晚饭，如果他还想继续工作（他正给英国广播公司制作一部关于爱尔兰的春天的短片），我就等安娜把宝宝哄睡后，和她一起去散步。她逐渐喜欢上了这样的散步，从车道走到马路，大声讲述她个人生活中的那些秘密往事。她一直以来都怀揣着一个远大理想，那就是在一幢豪宅里当个厨师，但后来在舞会上遇到了丹尼斯，两人在一丛树篱后度过了自己的初夜。当然，那是很久很久之后的事情了。

"你很好啦,盖拉德先生和你聊天的。"安娜说。丹尼斯只对宝宝和牧羊犬有句好话,我自己也注意到,有时他好几天都不和安娜说一句话,似乎是要惩罚安娜。现在我对安娜的印象比先前好多了,她不再提起劳拉了。为了贿赂她,我还几次送给她十先令的钞票和旧丝袜。她开始用新缝纫机给我做裙子,还在攒麦片粥包装的盖子,打算给我买条项链。每天早上我们都喝粥。

尤金不工作的那些傍晚,我们会坐在书房里聊天。我摩挲着他柔软的头发,听着无线电播放的音乐。我一边摸他的头发,一边亲吻着他的脖颈,闻着他头发的味道。我们互相拥抱,最后一起上床,快速脱掉衣服,在黑暗的房间里、在冰凉的床单和盖毯里做爱;外面的树上,猫头鹰在它的老地方啼叫。然后我们下床,清洗,吃晚饭,出去散步。

那些夜晚的甜蜜我无法描述出来,当时我是那么幸福,很多事情都没有注意到。那些夜晚似乎总有明月挂在天上,似乎总能闻到雨后的清新味道。现在,有人告诉我,有些男人和女人发生过关系后,就待她如陌生人,但他那时不是这样。

"你适合恋爱,"他常说,"你更漂亮了。"

我也感觉自己很美,很幸福。我们漫步在大树下,来到树林里，一直走到湖边，月亮映在波光粼粼的湖水上，也映在湖里流出的一条蜿蜒的小河上，小河一直流向遥远的大海。有一次，我们看到了一大群鹿，但就在看到我们的一瞬间，鹿群立即跑走了。一头中了枪的死鹿从湖的上游漂了下来，丹尼斯帮尤金把鹿扛回家。很大一部分鹿肉都送出去了。我想起了很久以前，在老家，他们杀了头猪，我端着一盘一盘的新鲜猪肉给邻居家送去，能收到六便士或一先令。即便分出去了很多，留着自己吃的猪肉还是有不少，等所有肉都吃完了，那种味道仍然留在我的记忆里，无论走到哪里都不会忘记。

到了晚上，那片沼泽地会带上一种奇特的超然于时间之外的特征，仿佛那些矮栎、灯芯草，还有半大的桦树幼苗从来都未被踩踏过。他没从这片沼泽地里挖草皮，沼泽地是野鸡和灰鹿的庇护所。有一天晚上，我们看到了一头鹿的胎衣，在月光下对着它看了很久很久，似乎这胎衣是什么非常重要的东西。对那头鹿而言，也许确实如此。

差不多过了一个月，有一天芭芭突然来了，还带着泥汉。他们的车从林荫道开过来时，不住地按喇叭，我们还以为是警察要来带我走了。结果是芭芭，坐着泥汉破旧的蓝面包车，车上有一股灰狗的气味。泥汉打开车的后门让芭芭下车（侧门已经彻底坏了），一群灰狗连滚带爬地和芭芭一起下了车，冲进地里去追逐牛群。

"那是谁?"尤金问。我们这时正在前厅喝茶。

"是泥汉。"我的心一沉,知道尤金和泥汉的会面肯定不会多么愉快。

芭芭走上台阶,身上穿的那件绿上衣是我留在乔安娜家里的。泥汉进了门,一副反客为主的样子。他从边柜里拿出一瓶威士忌,打开就喝。里面装的是奶牛的尿液,尤金本来是打算晚些时候拿到兽医院去的。泥汉喝了一口就撂下瓶子,跑到炉子前吐出了嘴里的东西。

"尤金!"芭芭说着就去拥抱尤金。这样能缓和一下气氛,尤金是喜欢芭芭的。

泥汉困惑地看着我问:"你这是把自己怎么了?看着和以前不一样了。"他皱着眉头,试图琢磨我身上发生了什么变化。我狡黠地想,那是因为我和人上过床,还做过爱,所以脸上有了变化。但实际上是因为我看起来比以前乖巧了,尤金让我穿衣打扮更朴实一些。他给我买了浅色的粉饼、窄条的黑丝绒发带,还有一双系带平底鞋。我看见芭芭不停地瞥我的鞋。尤金给我看了各种畸形脚的示意图,不过我外出时还是会穿高跟鞋。

"我知道你,"泥汉对尤金说,"在城里常见到你,还以为你是个美国佬。"

我担心尤金会说出什么不客气的话,比如"没什么美国佬不美国佬的",但他没这么说。他给泥汉拉了一把椅子,不是有软垫的扶手椅,是一把直靠背硬椅子。他之前跟我说过有几把扶手椅不太结实,胖人坐上去可能就四分五裂了。和他一起生活总有很多规则要遵守,我心里对此是有几分不快的。

我从边柜里拿出几个杯子,倒上茶,茶仍然是滚烫的。

"怎么样?"芭芭看着我,等着我一五一十地把事情说清楚,"发生了什么?"

"我差点让一伙爱尔兰乡下醉汉踢死了。"尤金说。

泥汉咧了咧嘴,我知道他心里想的肯定是,凯瑟琳怎么找了这么个吹毛求疵的浑蛋,但我又不能向他解释,说尤金像对孩子一样保护我,教我学东西,给我书看,晚上还为我的身体带来快乐。

"让我们看看。"芭芭说。尤金拉下袜筒,让芭芭看他腿上的疤。

"多性感的伤疤啊,能得奖呢。"芭芭故意用都柏林口音说。

泥汉用火柴棍剔着牙,微笑着看着我,意思是问:你快乐吗?

那四条灰狗这时跑到窗户前了,潮湿的黑鼻子贴在玻璃上,呼哧呼哧,哼哼唧唧,想要进来。

"是你的狗吗?"尤金问泥汉。

"是我的。"泥汉自豪地回答。他指着其中一条说:"这条狗以后一定能挣来大钱,看这小母狗,就算是磨坊主米克①也得跟在她后面追。"尤金从来没听过米克的名字。从小我家厨房的日历上就贴着这条著名的灵缇赛犬冠军的图片。尤金的童年不是这样的。他的童年是安静的,是有各种乐谱的;餐桌上摆的是牛百叶,或者甜面包;他父亲还常常把橙子带回家,直到他离开他们的那一天。

泥汉大口喝完茶,对尤金说他想去看看外屋,呼吸点新鲜空气。看着他们出去了,我长吁了一口气。我听见泥汉说:"你有没有听过那个故事,说一个女的带儿子去基拉尼,住到一个大酒店里,'蒙提,蒙提,'那个女的说,'把嘴巴张大,这里的空气我们是付了钱的!'"说完他自己先哈哈大笑起来。我知道他讲的下一个笑话肯定是关于那个副总统的,再下一个就是他在利默里克怎么被一架老座钟砸中,然后他是怎么迫不得已把钟给砸了。

"唉,老天,你现在可真是一团糟。"芭芭对我说。

"没有一团糟,我很幸福的。"

"解决了吗?"

"解决什么?"

"结婚啊,你这个笨蛋。"

---

① 世界上最著名的灵缇赛犬,以磨坊主米克的名字命名。它出生在爱尔兰的一个村子里,获得过很多大赛的冠军,是爱尔兰和英国家喻户晓的明星级赛犬。

"你穿的是我的上衣吧。"我岔开了话题。

"这件破衣服,"芭芭说着迎光拽起一个衣角,"都能用来滤奶了。"

"你有没有把我的衣服带来?"我给她写过信,让把我的衣服寄来。

"衣服,你说的是什么鬼话?哪有你的衣服,只有几块抹布,乔安娜给收破烂的人了,换了一个自行车座。她说你欠了一星期的房租。"

"我的自行车呢?"我把自行车停在了一个棚子下面,上面盖了一件破雨衣,免得挡泥板生锈。

"古斯塔夫上班骑着呢,你该看看他那样子!哪天早上他迟早会把脖子摔断的。你知道吧,他坐车座的样子都能看出是个外国人,你知道吧,他连一句得体的英语都不会说。"

"那是我的自行车。"

"你怀孕了吗?"她问,"你要是怀孕了就骑不成车了。你家老头天天给我写信要把你弄回去。"

"他要来吗?"我的心脏又狂跳起来。有两个星期没收到他的信了。

"你得准备一套婴儿服了,迎——儿——要是你怀孕了的话。"芭芭开起了玩笑。

"我父亲要来吗?"我又问了一遍。

"我怎么知道?我猜啊,哪天遇上好日子,他喝得醉醺醺的就来了,来了就把你打个稀巴烂。"她朝着壁炉上面尤金的画像做出开枪的手势,"谋杀成功,鲜血四溅,然后他就开始唱——'我不知道枪已上膛,太对不起了,朋友;我不知道枪已上膛,我再也不会再也不会这样干了。'"芭芭可真是一点都没变。

"你过得怎么样?"我的语气里带了些怒气。

"我过得快乐无比。每天晚上都出去。昨晚看了场冰上表演,棒极了!今晚呢,要和泥汉去参加一场晚宴舞会;上星期还有人要给我画像。那人是我在派对上碰到的,说我拥有他见过的最最好看的侧面轮廓,所以呢,第二天就安排好去他画室了,结果他想让我脱成裸体让他画。'拜托,'我说,'裸体和画侧面像有什么关系啊?'他穿着短裤,手里还拿一条狗鞭子甩来甩去。天哪,你可没见我跑得有多快!"她环顾了一下房间,看了看棕色的家具和几柜子的书。"你打算在这沼泽地里待多久?"她问,马上又替我回答,"到他开始厌烦你的那天吧,我猜。你穿上这平底鞋,看着真是够傻的。"她穿的是一双黑色高跟鞋。

"你有男朋友吗?"我问。她让我很烦躁。

"呵,当然,你可以问问乔安娜有多少车来接我,追我的男人多得不得了,约翰·福特这星期还要让我去试一次镜。"

"骗人吧。"我说。

"当然是骗人了。"她说,"再来杯茶吧。家里有酒没?"

枪柜里藏了一瓶威士忌,但我不想打开,这儿并不是我家。他们回来后,尤金也没有打开那瓶酒。芭芭和泥汉很快就离开了,我猜他们挺失望的,连杯酒也没让他们喝。离开前,芭芭告诉我,她从她妈妈那里得知我父亲要和教区主教一起来找我了。我觉得她是在开玩笑,但实际上她是认真的。

第二天父亲就来了。当时我们正在书房,告诉一个本地的泥瓦匠怎么补天花板上的那个洞。

"我父亲,我父亲!"看见老鼬的车朝着前厅门开过来,我喊了起来。

"离开窗户!"尤金说。

"怎么了?"泥瓦匠问。

这时门闩响了起来。

我跑下楼告诉安娜不要开门,我们把后门也上了锁。

敲门声响彻整幢房子,狗在狂吠,我的心跳得飞快,和他们第一次来的那晚一样。

"凯瑟琳,凯瑟琳!"父亲悲伤的声音透过门上的信箱传进来。我跑进书房,压低声音对尤金说:

"如果他是一个人,也许我们能见见他?"他一声一声地叫着我的名字,让我很可怜他。

尤金已经用双筒望远镜侦查过车里的人了。他小声说:"车里还有三个人,好像有个主教,我看见他的紫袍子了。"

"凯瑟琳!"父亲喊着,又连续敲了两分钟左右的门。幸好没安门铃,不然我们的耳朵都要震聋了。

"我来处理。"尤金说着走到前厅,把门上的链条挂好,然后猛地拉开了门。门只能开几厘米宽,有链条拉着。

"不管你想对你女儿说什么话,都只能写信告诉她。"

"我想见她。"父亲说。

我站在书房门后,急促地喘着气,不停地祈祷。泥瓦匠一定以为我快要死了,他手上的水泥快硬了,但他不能开工,尤金告诉他不要弄出一点声响。

"你女儿不想见你。"尤金说。这句话这么直白地说出来,听起来是那么残忍。

"我只是想和她聊一聊,这里有她的一个朋友,乔登主教。她还是个小孩子的时候,主教就认识她了,她的坚信礼就是主教主持的。我们不会动她一根手指头。"从他的声音里,我能听出来,他又恐惧,又难为情。

"听着,布雷迪先生,"尤金说,"我已经委托律师给你写过信了。我不想在这里看见你,也不想有什么主教大人卷入我的事情。我认为这一点已经讲清楚了。"

"我们不会造成任何伤害的。"父亲的声音非常绝望。

"你这是非法入侵我的住宅。"尤金说,我羞愧地绞着手指,"她已经二十一岁了,来这里是出于她自己的自由意志。"

"你觉得自己很牛是吧?"父亲说,"这里是我们的国家,你不能来到我们这儿,还毁掉世世代代在这里生活的人,不要以为……"但是听不清他的声音了,因为尤金突然关上了门。

门外,父亲用拳头擂着木门,过了一会儿,他下了台阶。我看见车开走了,父亲坐在车后座上。车往出开的时候,他透过后面的车窗往外看。

这是星期六的下午,之后整个傍晚,我都在不停地哭,厌恶自己对父亲这么冷酷。我根本不在乎自己的头发和外表怎么样,我想看起来糟糕一些,让尤金意识到我有多痛苦。

"我有了爱情,可我又这么痛苦。"我大声对自己说。他听见了,对我说:"吃两片阿司匹林吧。"我任何时候只要哭了,或洗了头发,或自言自语了,他都会注意到。

"明天能带我去望弥撒吗?"我问。我感觉到自己的良善正从身上流走,已经有五个星期没有去望过弥撒了。

"当然,我带你去望弥撒。"他说。他这方面的反应总是难以捉摸,有时你以为他会说不,但他却说行。

"我当然会带你去望弥撒,你这个小可怜。"他说着搂住了我,轻轻地拍着我的肩膀。

"你没肩膀啊。"他说。我和妈妈一样是溜肩,肩膀上的皮肤特别白,看上去弱不禁风。

我们没去最近的教堂，那里的神父给我写过三封信，我知道他会在我出来的时候拦住我说话的。我们开车去了八九英里外的一个村子，那里有一座新建的水泥教堂，坐落在一座棵木不生的山上，教堂外面有一块白色的告示牌，上面写着建这个教堂所负下的债务。这时虽然只是2月的早上，阳光却很好，爱尔兰的天气有时候就是这样，似乎是为了补偿前面整整一星期的阴雨天气。我留他在外面晒太阳。他坐在教堂大门对面长了苔藓的矮墙上，读着《新政治家》周刊。教堂里面冷冷清清，褐色的灰泥墙没有粉刷，旁边的一条过道里还搭着脚手架。

我没有祈祷书，只有一串在修道院时一个修女给的白色念珠，于是我努力念诵着《玫瑰经》。教堂里的那些人让我难以集中精力——咳嗽声、不合体的衣服、脏毛巾擦过脸后留下的酸腐味道。我好像看到尤金闪亮的大眼睛在嘲讽我："只有极端自我主义者才会把基督看作专门来拯救他们的上帝。基督是所有人身上良善的体现。"我把额头靠在新橡木椅靠背上，想起了以前的一些事情。我曾经非常迷恋一个修女，暗下决心自己以后也要当修女；还有一段时间，我一整个星期都一心想做圣徒，就把石子放在鞋子里惩罚自己，我们把这叫作"赎罪行为"。

布道的内容跟主的恩典有关。望完弥撒出来后，我一直在想，我是不是曾再三拒绝主的恩典。有那么一刹那，我忘了尤金还在等我,所以当他从《新政治家》周刊抬起头,问我"弥撒还不错吧"时,我吓了一跳,这才意识到他还在等着我。

阳光照进我的眼睛,我对他说:"刚出来看见你在这儿时,都忘了你还在等我呢,好笑吧?"

"不好笑。"他说。我一下子慌了,我侮辱到他了,这下他好几天都会对我冷冰冰的了。

"你进了教堂,就又变成从前的修道院女孩了。"他说。我想起我在修道院的时候,黑鞋、黑长筒袜、咔叽校服裙,看上去像只黑乌鸦。校服从来都没有熨得平整过,去那个寄宿修道院学校前,妈妈就已经走了,我只能自己收拾校服。

"我从来都没有成为一个真正的修道院女孩。"我想起那张天蓝色的圣像,芭芭在上面写下那行污秽的话,我们因此被逐出了修道院。

"真不知道你是怎么做到的,"他说的是我的虚伪,"你是怎么会有两个不同的生命的?在那儿,"他朝那座教堂抬抬下巴,"你沉浸在那些钉上十字架、地狱、血淋淋的荆棘冠里。在这儿,我坐在这堵墙上,读着原子弹的文章,你过来说:'我是谁?'那么,"他用食指点点我的下巴,"你是谁?你进入我的生命干什么?"他一直在笑,但我还是不喜欢他说的这些话。我低下了头,可他还是看出我脸上一闪而过的不悦,也看见我嘴角下垂,嘴巴嚅了一下。他从墙上跳过去，从发了芽的栗子树上折了一枝，深深地鞠了一躬，把树枝献给我。

"联结起男人和女人的不是上帝，也不是《新政治家》周刊。"他说着把黏黏的嫩芽放在我鼻子下，然后亲了亲我的脸颊。我们上了车，开始往回开。

"你不会一天都这么心事重重的吧，亲爱的？"他问，这时我们的车正穿过一条冬日树篱夹道的路。阳光灿烂，老人和小孩坐在村舍外面朝我们挥手，他们要么太老，要么太小，不能去望弥撒。孩子们穿着最好的衣服，我现在还记得一个得了白化病的小女孩，粉红色的小脸、白色的头发，坐在刷了白灰的墩子上晃着腿，脚上穿着一双带着银色搭扣的漆皮鞋。我心想，我永远都不会忘记这一幕，这个场景对我而言非常重要，但我也不知道是为什么。我朝那个小脸粉红的小姑娘挥了挥手，对尤金说："我不会有心事的。"但实际上我已经又开始心事重重了，又想起教堂外的那一幕。我嗅到麻烦和困难的气息从遥远的地方飘过来，但又不能把自己武装起来防御他，我那么爱他。

"对你来说没什么，你可以把事情想得很透彻，可我和你不一样。"我无力地说。

"人和人都是不一样的。"他开始唱，"不知道是谁在恨着她？"这是他经常唱的一首歌，我猜是唱给劳拉的。他说自己唱歌是为了活跃气氛。

"我不会结婚的,"我冲动地说,"除非是在天主教堂结婚。"

"很高兴你告诉了我,我会记下的。"他醇厚的声音里带了些许嘲讽的意味。天空尽处拱起了一道彩虹,彩虹跨越了阳光照耀下的几座山头。我数着彩虹的七种颜色。彩虹的后面,天空在变换着颜色,从蓝色到水绿色,我能感觉到自己对他的态度也在发生着变化,就像天空中不断变化的颜色。

半路上,我们拉了两个搭便车的年轻人,他们要去十七英里外的一个青年旅社。他们坐在后排说着话,我转身和他们聊两句,结果只注意到了他们的大膝盖。他们穿着短裤,宽宽的膝盖和我的脸在一个水平线上,因为车后座太窄了。两个年轻人和我的年龄差不多,我突然想,我应该和这些人在一起的,从一个村子走到下一个村子,操心的只是一杯茶要多少钱。但很快我就又安慰自己,这种膝盖宽阔、声音聒噪的年轻人只会让我觉得厌倦。

17

我们到家时,尤金的母亲已经来了。她星期天一般都会来吃午饭。

她送给我一个小礼物,是一块手绣的托盘布,当作给我的结婚礼物。我们假装已经结婚了,而且我也戴上了戒指。我们喝了点雪莉酒,然后她就一直坐在阳光下等着吃午餐。

午餐时发生了冲突,起因是我在酱料里放了洋葱碎。她把托盘布要回去了,说我一定是故意的,明明知道她吃了洋葱会呕吐。

"我就知道永远都不能相信红头发的女人。"她冲着水壶说,我们都默默地吃着饭。她把餐盘推到一边,大声喊着狗的名字:"谢普,谢普!"

尤金对我挤了挤眼睛,我继续吃自己的饭。

"哼,真是一时比不得一时了,劳拉虽然爱冒险,但还是知道怎么招待人的。"

"吃点橙子慕斯吧。"尤金说,但她说现在连这个也信不过了。

"如果不会太过麻烦的话,我就吃一片面包涂黄油吧。"她说。尤金没有理会她话里的讥讽意味,把面包拿给她,然后就消失了。一发生冲突,他总是会溜走。我吃完饭,尽可能不失礼地以最快的速度起身离开了。

尤金过来帮我洗碗。他偷偷地从餐厅门缝里看,发现老太太开始吃饭了,连刚才那么强烈地拒绝过的慕斯也吃上了。现在可不说有毒了。

"过来。"他悄悄说。我凑近钥匙孔,看见她正用勺子从碗里舀慕斯。

"告诉你一个秘密,"回到储藏室,尤金对我说,"她会一直目送咱们进坟墓的。"然后他就开始亲吻我。在他的怀抱里,我又听到了那种温暖的爱的轻吟。

我们正在接吻时,一辆车开来了,他出去迎接两个从都柏林邀请来的客人。

"我去梳一下头发。"我说,然后上楼去画了个浓妆,来弥补我社交方面的不足,因为他这些朋友让我感到特别恐惧。那个男的是教历史的,在星期天写诗,他的妻子脑袋不怎么灵光,却以为自己无所不知。碰巧又来了一个客人,是个诗人,叫西蒙,美国人,是从格伦克里骑车过来的,离这儿不远。尤金的母亲披着一条印度披肩,仪态庄重地坐在壁炉旁的一把天鹅绒椅子上,见人就说她吃下去的洋葱让她开始反胃了。

尤金把我介绍给诗人西蒙时,他"哇"了一声,摸了摸红胡子。我从尤金那里得知西蒙曾经是劳拉的朋友,所以对他很畏惧。他把所有女人都称作"蠢妇"——"胖蠢妇""瘦蠢妇""冷淡的蠢妇""还不错的蠢妇"。

"今天午餐时吃的饭出问题了。"尤金的母亲对那个脑子不灵光的妻子说,那女人穿了一条绿粗花呢长裤,和她面对面坐着。

我去厨房泡茶,西蒙跟过来帮忙。他站在石板地中央,两只距离很近的绿眼睛看着我,说:"看,你在这里,在一蒲式耳威克洛麦麸后面,静静地发光。"

"是抄的吧,"我说,我读过的书都能记得,"抄詹姆斯·乔伊斯的。"

"乔伊斯是哪个家伙?"他说,然后问我和尤金老哥相处得怎么样,都聊些什么话题,还问他在床上表现怎么样。

太无礼了,我心想,又想起了妈妈常说的一句话:"人以群分。"我愠怒地想,尤金怎么会认识这种人。

"你量过吗?"那诗人问。他对我挤挤眼,那样子让我突然觉得胃里翻腾了一下。

"什么?"

"什么!你问我什么!哇,你需要学习学习了。他那个你知道是什么的东西啊。我所有的女人都量过我的,特别好玩,试试吧。"

我低下头,不想让他看见我涨红的脸。我讨厌这个人,讨厌那些给我讲下流故事的人,一点都不好笑。他的红胡子里夹杂着浅褐色,美国腔里不知怎的有几分爱尔兰口音——尽管他自称家里人都是纯正的英格兰贵族血统。

"凯瑟琳,我能不能帮你给这些涂上黄油?"他指着葡萄干切片蛋糕问。

"行。"他不停地叫着我的名字,有时语气和善,有时让人讨厌,邪恶的人往往都是这样。

"尤金老哥的工作怎么样了?史诗巨片做出来了?呵,他以前可是做梦都想拍出《白鲸记》这样的大手笔。"

"我不这么认为。"我说。有一次,我问尤金是不是怀揣着什么隐秘的梦想,要做出一部著名影片,他严肃地摇摇头,说:"不是,不做什么著名影片,我想做的是一部长篇纪事,讲述历史长河里那些人与人之间的不公和暴行,讲述我们为了生存和自我保护所做出的艰险斗争——可是谁想看这样的片子呢?"

"你知道他的远大梦想是什么。"西蒙带着嘲讽的口气说,"不就是能和米高梅的人坐一起喝一杯嘛。"

"你的想法太落后了。"我激动得颤抖起来,一说到重要事情,我就总是忍不住会颤抖,"他说,重要的是,要对自己的工作抱有信念,要按照自己的标准做到尽职尽责。"

"尽职尽责,哈哈,哈哈!"西蒙大笑起来,好像谁给他身体里管笑的机器上足了发条,"这话劳拉肯定爱听,老天,真是笑死人了,他可真是擅长宣传。尽职尽责!我的天哪,劳拉来了肯定爱听这话。"

"来?"

"对啊,她没告诉你?那她一定是为了给你个大惊喜,下个星期她就会坐船到科夫港了。哦,凯瑟琳·布雷迪小姐,可否往我茶里加点柠檬?"

"在那儿。"我指了指碗柜上的水果碗。柠檬皮成褐色的了,皱皱巴巴的,但我根本不在意,听了他这一番话,我的腿已经在发抖了。

"等她来了,那张旧床上一定会迎来一波滚烫时光。你见过她吗?哇!"他接着唱起了歌,"不要弃我而去,在我们新婚的这一天……"

我见过她的照片。她留着短发,面容强硬。有一天尤金出去了,我看过他的照片。尤金把照片放在一个箱子里上了锁,但我在地毯的一角下面找到了钥匙,那个角没压住。有很多他女儿的照片,每张照片的背面都做了记录,写着关于照片拍摄的细节:在哪儿拍的照,当时孩子正在干什么——"伊莱恩坐在餐椅上吃面包夹果酱""棕犬睡在伊莱恩的婴儿车上"。这些照片让我心烦意乱,我心虚地把照片放好,忍不住想他女儿的生日是哪一天,他是不是还在给她寄生日礼物。

"希斯克利夫①对她还是念着旧情的,你知道吧,旧日恩怨难断绝哪。"西蒙的话粗暴地打断了我纷乱的愁绪。

"茶泡好了。"我对他说。受不了了,要尽快摆脱他。之前他还给我透露说自己吸过鸟蛋,因为它们能赋予他特别的性能力。"与自然和小鸟独处。"他用嘲弄的语气说。

"茶泡好了。"我又重复了一遍,把最后几样东西也都放在托盘上。

"嗯,真是个高效的姑娘,我就喜欢这样的。又高效又酷。哇,好酷!你眼里有一滴聪明的泪水,凯瑟琳。聪明,因为它不真实。我是个诗人,这种事情我懂的。你先请。"他端着托盘,我走在他前面,穿过狭窄幽暗的过道,往餐厅走去。

"你的小屁股真好看。"他说。和往常一样,我高跟鞋的跟又卡进了木地板过道的那个老鼠洞。(有一天暴风雪来了,一只老鼠咬了个洞钻进了房子,安娜说劳拉爬到一张椅子上尖叫,任何女人遇见这事都会这样。)

"你拿错杯子了。"我从托盘往下放杯子时,尤金说。这些是在厨房吃饭时用的杯子。

---

① 英国女作家艾米莉·勃朗特的小说《呼啸山庄》中的男主人公。

"也可以用的。"我红着脸说。

"不不不，星期天下午了，我们有资格用好杯子的。"他一边开着玩笑，一边把不合适的杯子重新放回托盘端出去了。

"呵，能指望什么呢？"他母亲看着壁炉里的木柴说，"乡下姑娘嘛，才刚从沼泽地里出来的。"

西蒙摸着他的小胡子，挨个看着所有人的脸。其他人慢慢喝着自己杯里的酒，那个女人淡淡地笑着，也不知是为刚才发生的事感到几分同情，还是为了表现出对这件事的愉悦心情。

"坐下吧，亲爱的。"她说。我讨厌别人叫我亲爱的。

"抱歉了。"我说着离开餐厅，取了外套，出去躲进了花园里。

此时此刻，我恨尤金。我恨他的强大，恨他的骄傲，恨他的自信。我多希望他的天性深处存在什么缺陷，这些缺陷能为我削弱他的力量。但他没有缺陷（除了他的骄傲）；他力量强大，坚如磐石。这时我想到了他性格中一些让人讨厌的地方，生气的时候总是会想到的：想到他发起火来有多可怕，想到那天他冲我喊"你在机械方面真是个白痴，连水龙头都不会关"。那天他爬到房顶修理水箱，告诉我听他喊"开"就开水龙头，喊"关"就关水龙头。我开水龙头时没出任何问题，但关水龙头时，手忙脚乱把它开得更大了，他就喊着说自己要被水淹了，我一下子手足无措,什么都干不了了。接着,他说过的那些挖苦的话、做过的那些琐碎小事都从记忆里跳了出来:"芭芭,我要是有个后宫,你肯定在里面。""我在教凯特怎么说好英语,学会了才能带她进入社会。""迈开你那两条农妇腿跑上楼去。"此时此刻,我恨他。

"我恨他!"我对这么早就飞过来筑巢的鸟儿说。它们现在的歌声还只是啾啾的颤鸣,是为了清嗓子发出的声音,是为求偶时婉转连绵的歌声做的准备。

"求偶。"我苦涩地说,然后想起了芭芭,不知道她现在和谁在一起,是不是还在和托德·米德交往。我想起了,或者说是努力去想我认识的那些男人。和尤金相比,他们还都是青涩的男孩。这时我又想起了他告诉过我的一件事,他在伦敦什么地方和另一个人合住,到了星期天,他们各自只清洗自己的那一半地板,在我看来,这事做得真是冷酷无情,没有人情味。我无法想象自己能干出这样的事,擦地板只擦一半,还要控制着不让抹布滑到另一半;但他们就是这么秩序井然,在油毡地板的中间还画了一道线。我想起这些,还想起西蒙大诗人对我说:"你对乳房有什么感想?"问这话的时候,他正给蛋糕片抹着黄油;他还告诉我劳拉要回来了,这话把托起我生活的基座一下子抽走了。他高亢的笑声在我脑中不停地响起,我忧心忡忡,尤金怎么会认识这样一个人。

我坐在花园里,闷闷不乐的,希望他能来找我。柳树上挂着的柳絮像雪花一样洁白，柳条垂下来像白色的流苏。沿着花岗岩日冕萌发出一条迎春花小枝，几朵嫩黄色的小花给这悲伤的一天带来了希望和明媚。尤金说再过段时间，这里的野百里香就要开了，到时候花园里到处都是一丛一丛的野百里香。到那个时候，我能结婚吗？

"他永远都不会和你结婚的。"芭芭曾经这样说。我想，没错，他是一匹黑马。他身上的优点和缺点在我的思绪中交替出现。我先是想到了他满面的愠色、不肯让步的性格，接着又想到了他的体贴温柔——有一次他把面包送到了我床上，还在我身上红肿的地方涂上绵羊油，我要看书时，他会把三个枕头垫在我身后撑着我坐起。有那么一会儿，我欣然接受了一个事实，终有一天，我将衰老，容颜干萎，到那时再没有任何男人能够折磨我的心。

太阳一落下去，寒气就上来了。客人都走了后，他出来找我。

"当着那么些人的面数落我。"我说。黄昏下，他站在我面前，轻轻拍着我的头发说抱歉。夜晚暗紫色的寂静已经降临了。

"对不起，我没想着要伤害你。我只是想着那几个杯子不好看，母亲因此又要发牢骚，而且我们本来就有好点的杯子可以用的。"

"杯子有什么要紧的。"我几乎是在喊叫了,"杯子并不重要,你总是揪着鸡毛蒜皮的小事说个不停——没错,杯子只不过是鸡毛蒜皮的小事。"

"好了,好了。"他轻轻拍着我让我镇静下来。

"你不该当着那些人的面那样对我。"我简直要气疯了,当着那个邪恶诗人的面,当着那两个女人的面,他们会记住的,一辈子都忘不了。

"你认识的人里面就没有一个好人,没有一个真诚的人。"我说。

"亲爱的小朋友,"他的语气里甚至还有点自鸣得意,"没有哪个人是完全的好人,也没有什么真诚的人。我的意思是,也许可以说虫子是真诚的,不知道这是不是你想要的。"

在我的记忆里,"真诚"是妈妈看待人的一条标准。"丽兹是个真诚的人。"妈妈所说的丽兹是个小气的女人,但有一次她请我们去喝茶,给我们做了三明治,里面放了番茄酱,还有大黄。"他们是真诚的人。"妈妈说的是住在都柏林的几个小气的表兄妹,战争爆发的时候,他们想让妈妈给他们寄一些我们自家做的黄油,却什么都没有回赠。这就是妈妈判断人的方式。

"还有那个叫西蒙的家伙,老给我说一些很隐私的事情……"我向他抱怨。

"哦,我本应该警告你的,他的男性器官,我推测的啊,尺寸很小,有个女人曾笑话过他。"

他抬头看着蓝紫色的天空。鸟儿在颜色越来越深的树枝上唱起了夜晚之歌,夜空中一片宁静,这些似乎都让他心情愉悦,几乎没听到我在说什么。我想,他现在是快乐的,而他的朋友却走到我面前对我说出那些污言秽语!

"有那样的朋友,真是好笑。"我说。

"他不是朋友,"尤金纠正我,"在这个国家,没几个人能和你说说话。即便是敌人,只要他说着你的语言,而且态度友好,你都会心怀感激。"他看着幽暗的夜空深深叹了一口气,似乎是想要飞升到夜空宁静的孤独里去。

这时我忍不住说:"西蒙说劳拉要坐船到科夫来了。"

"没错!"他说,没有表现出一丝一毫的惊讶,"我很高兴能见到她。"

我一下子从木凳上站了起来,盯着他面无表情的平静的脸。

"你什么?"我问。

"我很高兴能见到她,我们可以讨论一些事情。也许我就能离成婚,然后和你结婚了。孩子我俩一起抚养。"(他从来没说过那个小女孩的名字。)"劳拉仍然可以到这里来,我们仍然会是好朋友。你可以帮她洗头发,她也可以帮你……"

"你的意思是……"我开了口,但又停了下来。没什么可说的了,我心里明白了,他就是个自命不凡的人,一个冷漠、无情、自命不凡的人。我发出一声绝望的叹息。

"好吧,我给她写信说离婚的事。能看出来,要是不和你结婚,就会伤害到你不朽的灵魂。"

这句话刺痛了我。有些事——所有的事都——冲击着我生命中的欢乐,全部的欢声笑语。

那天晚上,我坐在炉火旁开始读《安娜·卡列尼娜》开头的几章,他用打字机给劳拉写了封信。我特别想知道他的信是怎么开头的,是"亲爱的劳拉""最亲爱的劳拉",还是"我心爱的劳拉"?但我不能越过他的肩膀去看。

我们走到村子里把信寄了出去。暖和的夜晚,感觉像到了春天。露水湿润了路两边的田地。他没有拉我的手。

尘土飞扬的山路走了一半,我们发现,路面变成柏油的了。柏油是新铺上的,青蓝色的路面留下了我们的脚印。

"太好了,"他说,"我们要有柏油路了。"这是我们出门后他说的第一句话。

我悲哀而绝望地说:"太不公平了,是不是?为什么就不能让我们安安静静地过自己的日子呢?"

父亲给我写过三次信，本地的神父也给我写过信，修道院的主管修女给我寄过祷告书和徽章，现在，劳拉又要来了。

"没有什么是公平的，这世界本来就不公平。"他用疲倦、消沉的语气说。

走在村子里，我听到一个酒店的休息厅里传来了钢琴声。音乐声让我感到孤独，我想起了和芭芭度过的那些欢乐的夜晚，我好像听见芭芭跟这个或那个男人说"一口干了"。等他寄完信，我说："我想进酒店去看看。"

"你不会想去那里面的。"他皱起眉头看着那座嵌着黄色窗框的酒店。酒店的窗户下放着一排波特酒桶。

"就去喝一杯吧。"我说。他虽然叹了口气，但还是摘下了帽子，陪着我走进了酒店休息厅里的酒吧。酒吧里人头攒动，烟雾缭绕，闹哄哄一片。还有人在唱歌。里面基本上都是本村人，他们都盯着我们看，因为我们还没结婚。他点了两杯威士忌。我们进去的时候，酒吧里的喧噪声突然减弱了，里面的人都在挤眉弄眼，嘀嘀咕咕。片刻之后喧哗声又开始了，一个肥胖的女人继续弹着钢琴。钢琴刷成了白色，看着像个浴室柜。

"里面有你认识的人吗？"我压低声音问他。没有人和他打招呼。安娜说过，他们都不喜欢他，因为他从来都没喝醉过，逢着集市的日子，也没请他们喝过酒。有些人晚上把自家的牛群和羊群赶到他的地里去，早上丹尼斯再把牛羊赶出去。有一群山羊会一直去，他给羊主人写过几封信，但她就是不理会。羊主人但凡打个招呼，他也不会介意的，但羊主人和村里大多数邻居一样，脾气犟，态度差。我来后不久就有人把新林地里几百株小树的树梢都砍掉了。我待在这里，他们认为是很丢脸的一件事。每个星期天安娜去望弥撒时，他们都会拉着安娜不放，问长问短。

"认识一两个人吧。"他说。

"这么说他甩掉了那个美国女人，现在找了这个年轻的。"我听到一个男人对另一个说，我的脸涨得通红，低头看着桌子的玻璃面。

"他忘了加苏打水。"我盯着裂了缝的玻璃下铺的黄色纸垫对尤金说。我喝不惯威士忌，不加苏打水很难喝。

一个醉醺醺的男人走了过来，抬起帽子，让尤金唱首歌。

"我不会唱歌。"尤金说。那个醉汉又问我要不要唱。

"我们不唱歌。"尤金说。醉汉断断续续地哼着《那条老泥路》，把帽子伸过来，让我们把钱放进去。我不知道该怎么办，只感觉血涌上了脖子，祈祷他赶紧走开，不要再缠着我们。突然，醉汉挥手弹了一下我的羊毛贝雷帽，帽子掉在桌子上，打翻了我的杯子。

"快走。"尤金说着站了起来。我们快步走出酒店，听见里面的人哄笑起来。那个醉汉喊着:"异教徒,异教徒!"

"对不起。"出来后,我对尤金说,"我错了,我没料到会这样。"

"石器时代的野蛮人。"尤金说,但他并没有对我发火,还拉住了我的手。往家走的路上,我说:"明天会是不一样的一天,我会重新高兴起来的。"

"有意思,"他说,"这就是幻想和现实之间的差距。在都柏林偶然认识了你,我们见面的头几次,我心想,这是个单纯的女孩,像小鸟一样快乐,再多给她一块蛋糕她就会很高兴,整天忙来忙去的,晚上沾床就睡。单纯的女孩,没有一点城府。"他说话的语气是那么悲哀,似乎他所说的那个人已经死去。

"我还会像以前那样的。"我说。他忧伤地摇了摇头,我知道他在想什么:都是幻觉,你清澈的眼睛、柔和的声音,还有脖子上围的柔软丝巾给了我那种错误的印象。我确定他的想法差不多是这样的,虽然如果让他自己说,用的词也许会不一样。

大诗人西蒙真是分秒必争。星期四,劳拉的第一封电报就来了。电报送来时尤金不在家,他说过电报来了一定要看,于是我打开了。上面写着:

每个人都有权快乐。享受你的好时光。

劳拉

我跑出去找他。安娜说他出去散步了,可能是在山上,他要帮丹尼斯把绵羊赶下山。产羊羔的几个星期前,就得把绵羊从山上赶到房子近处的地里来。我跑出房子,穿过树林,跑到了那片通往山上的荒地里。我还没看到他人影,就远远地听到了绵羊的叫声。

我急忙沿着一条狭窄的小道往前跑,这时听见他喊:"是你吗,凯特?"然后就看见了两个人影,一个是丹尼斯,一个是他,两人正在赶羊群。丹尼斯提了一盏灯。

"是我。"我生气地说,离他几米远的时候,我就告诉了他来电报的事。丹尼斯走到一边吆喝着狗,装作没听见。

"上气不接下气的,就是因为这个啊。"他咧嘴笑了。我把电报交给他,刚才怒火中烧,把电报都揉皱了。

"我觉得这太糟糕了,"我说,"邮局那些人,所有人,都看过了。"荆豆苗扎着我的脚踝,袜子也让野蔷薇枝挂住了,但我顾不上管。

"这就是个玩笑,你没有幽默感。我们得培养你的幽默感。"

"幽默!"荆豆丛之间有一条狭窄的小路,但我走着走着就到了路外面。

"好了,好了,好了。"他要拉着我,我甩掉了他的手。黄昏下,绵羊圆乎乎的,看着像是没头没脑地沿着山路咕噜噜往下滚。

吃饭的时候,他在看报纸。气氛冷清的时候,他就会看报纸,能一连看好几天,以此避免争吵。

星期六,劳拉的信来了。粉色的信封背面写着她的姓名,实际上,是他的姓,劳拉·盖拉德夫人。他没给我看,但下午他出去后,我在文件里找到了这封信。信是这样写的:

亲爱的尤全:

几个月没给你写信了,我们都很好,天气也挺不错。当然了,是西蒙给我写了封信(他可真是个老八婆),把一切事情都告诉了我,包括那件拿错茶杯的小事。我以前就常说你对女性有一种封建主义的态度!后来又收到了你那封甜蜜的信,你在信里说:"我遇到了一个女孩,她是爱尔兰人,很浪漫,行事没什么逻辑。"我想的是,这女孩怎么和我的男人在一起了!说实话,我非常震惊。你听了可别从椅子上掉下去,但你知道,我们之间是仍然隐隐存在着吸引力的,连万有引力定律都解释不了的吸引力。有时候到了晚上,房子里一片空空荡荡的时候(埃利①睡在她自己床上),我就在想,天哪,他是多棒的一个人啊,又风趣,又有才华,而

---

① 伊莱恩的昵称。

且还爱我。我想这就是爱情。我保存着你的所有来信，包括那晚咱们在斯诺普的派对上相遇后你写给我的第一封信，署名是"金尤"。你还记得我们怎么拿对方的名字玩文字游戏吗？你的名字是"金尤"，我的是"拉劳"。你的信就收在我的文件夹里，每次读这些信，我都会想，你多么有智慧，心思多么细腻，而且你曾经那么爱我。我可以让你再看一看这些信，不过你得承诺一定要寄回给我。

天气很好。我有没有跟你说过，这里的气候是世界上最美的？到了晚上，海上就会升起一层雾（记不记得我们在基拉尼裸泳时，你还冻感冒了？）。

埃利很好，我很抱歉地告诉你她不想你。我们常常一玩就是几个小时，玩得很高兴。我真羡慕她能有一个快乐安定的童年。不过我可以确定，等你来了，她会认出你的。

看到这里，信纸在我手中簌簌地抖动起来。我急不可耐地继续读下去。

你的影片什么时候上映？你先去南美洲，还是先到我这里来？回信告诉我，我要把一切都准备得妥妥当当。我把墙刷成了浅蓝色，天花板刷成了烟灰色，你一定会喜欢。我后面要办一个画展，最近刚完成一幅我觉得特别满意的画，它能表达我想要表达的一切，生命，灵魂，恐惧，痴迷，爱，还有死亡……

埃利睡觉的时候喜欢朝右侧睡，还把手放在脸蛋下面，太可爱了。

爱你，吻你

劳拉

另外，有一件事一直让我心里不能安宁，妈妈、里基、杰森，还有其他所有人都认为咱俩是天造地设的一对。

他进门的时候都用不着问我在干什么了。信就在我手里，我的嘴唇在颤抖。

"唉，不会吧。"他说着用手捂住了眼睛，"我太蠢了，把这样的东西留在了你眼皮底下。"

"太过分了！"我歇斯底里地说。

"你不该干涉我的事情。"他摘下帽子，烦躁地抓着头发。

"这是我的事情！"

"和你没有任何关系。"他平静地说，"我没打算让你看这封信，你也没有权利看这封信。"

我把信摔在桌子上。"我很高兴我看了。现在我可算知道自己遇上什么事了。你就要去美国了,去见她,却一个字都没跟我说。"如果我的心不得不承受世界上所有的痛苦和仇恨,那我就一定要让他带上我;这就是我当时一怒之下对这件事的感受。

"所以说现在你全都知道了。"他说,"嗯,你比任何人知道的都多。任何时候看见你,你都在为什么事情哭哭啼啼。如果不是因为她,"他朝桌子上的信努努下巴,"就是因为你父亲;如果不是因为你父亲,就是因为别的事。"

"一直在欺骗我。"我现在只能说出这一句话。

"你能再说一遍吗?"他的语气冰冷、克制,"我可以理解为我过去的生活欺骗了你?"

"不是,不是那样的,"我尽力说清楚,"是你做事的方式。你那么独立,什么都不告诉我。"

"天哪!"他叹了口气,把帽子戴回去,怒气冲冲地看向一边,"所以,你要的还有所有权?签上名,盖上章?床上一小时,代价是一辈子的无期徒刑?"

我怯懦起来,不能再直视他。"只是因为太震惊了。"我开始让步了,我承诺过要好好的,而且,我想让他带我一起去。

"你会带我去吗?"我问,他没有回答,我又问了一遍,还碰了碰他的手。他把手抽回去摘下帽子,一把扔到桌子上。帽子打翻了一瓶拧开盖的墨水,瞬间,墨水就流到了栗色的地毯上。我听见他咬牙切齿地咒骂了一声。

"你会带我去吗?"我最后再问一遍,想要逼他做出承诺。

"唉,拜托!"他说着蹲了下去,开始用吸墨纸吸掉地毯上的墨水,"出去吧,先不要找事了。"这句话等于把我赶出了房间。我快步走出去,上了楼,开始把衣服往帆布旅行包里装——旅行包是他的。

我没有多少衣服,但还是把旅行包塞得满满的,拉链都拉不上了。一条衬裙的肩带和一件胸罩露在了外面,包的最上面放着我的三双鞋。我没有钱。

"能不能给我一镑钱坐车?"我下了楼,轻轻地敲着书房门问他,门是半开着的。他跪在地上,擦洗着地毯上的墨水渍。

"一镑钱坐车?"他抬头看见我已经穿好了外套,然后视线落在我鼓鼓的旅行包上。

"我会把你的包寄回来的。"我说,知道他要评论几句了,"这是最好的办法了,离开。"我尽量不让自己崩溃,一切等走了再说。

他从放现金的绿盒子里拿了五镑递给我。

"一镑就够了。"他最后这个慷慨举动让我有点感动。

"你还需要回来的车费,是不是?"他说着似乎笑了一下,然后看了看我的包(太邋遢了,内衣带子都露了出来),说,"你会让人误会的,你懂吧,这么乱七八糟的。"

他把嘴唇挨在我的嘴唇上,和我吻别。我说"对不起"。我不知道自己为什么要说"对不起",他就是有这种了不起的能力,让人觉得他是对的,而不管是谁的错,我总是会感到抱歉。

"我开车送你去车站。"他说,但这时他已经亲吻了我,我哭了起来。我们俩都知道我肯定不会走了。我们把包放下,坐在沙发上。他用关切的语气告诉我,我要长大,要学会控制自己的情绪。自制力和自我控制是他最为赞赏的两大美德。对,还有俭朴。实际上,这些正是我最缺乏的。

"去喝杯茶吧。我有没有给你说过我的生活箴言?"他问,他刚给我讲过关于耐心的一些事情。

我摇摇头。

"当你准备把第四任妻子封在厨房的水泥地下时,先停下,泡杯茶。"

不知道他有没有跟劳拉谈过这个。两人坐在沙发上,他平静地教育她要怎么自我保护,怎么控制情绪,怎么这样,怎么那样,然后告诉她,自己的生活箴言是什么。劳拉频繁地潜入我的思绪中,在他的话和我之间游荡。

我们沏好了茶,吃了几块精致的饼干,然后出门去散步，看到了这一年里盛开的第一朵雪花莲。听了他对我说的那些话，我感到非常高兴，情绪高涨起来，我要变成一个不一样的人了，一个包容、沉着、强大的人。

那天晚上，做完爱后，他沉陷在我身上。我心里想，只有通过身体我们才能真正地原谅彼此。心假装原谅了，但问题仍然潜藏在那儿，在黑暗时刻，我又会重新想起。即便在回应他的爱的时候，我也仍然没有忘记我们面临的困难，我和他来自两个彼此隔绝的不同世界。他是控制的一方，满心愤慨，不愿宽容，他认识所有人，知道所有事；而我，一有风吹草动就惴惴不安、心慌意乱，头脑简单，想法片面还易发疯（他的话），在"石器时代的无知和宗教的蒙昧"（也是他的话）中长大。黑暗中，我向绝望者的主保圣裘德默默地祈祷。

18

风平浪静地过了四五个星期。他给劳拉写了封信说离婚的事;我也给姨妈写了信,为了让她高兴,说我很快就要结婚了。

褐色和黑色的嫩枝上萌发出了尖尖的苞芽,像星星点点的希望,绿色的,黑色的,银白色的,像是在我们面前绽放时就会歌唱起来。从白天到晚上,小羊羔一个接一个地出生,有两只羊妈妈死了。安娜把小羊羔带到房子里当宠物养。挺闹人的。

有一天早上,不是周末,但芭芭来了(她一般会在星期天来)。我当时正在车道旁采水仙花。我刚把尤金送出路口,帮他拉开那几扇大门。现在牛奶有富余的了,他就去一个牛市买了几头小牛回来。石子车道两旁的草地边上长了很多水仙花,正盛开着。往回走的时候,为了打发时间,我采了一大捧。水仙花的根湿湿的,好像沾了唾液一样,气味也不太好闻,水仙花就是这种气味。这时我听到有车开来,从树缝里看见是辆陌生的车,就赶快跑回房子里藏了起来。我以为可能是父亲，结果是芭芭。

"芭芭，芭芭！"我打开门朝她跑过去。她穿了件白色风衣，戴了顶红色贝雷帽。

"太好了！"我说着就去吻她。不过，我希望她没发现我没有化妆。

芭芭两眼圆睁，看起来非常兴奋，这种情况下，她往往是有重要的事情要告诉我。我们进了前厅，两只小羊羔跑过来咩咩地叫，装作害怕她的样子。

"咩，咩！"芭芭叫着追着羊跑，"简直就像个动物园！"然后她悄悄对我说，"有事要和你说，特别紧急。你家契诃夫呢？"

"出去了。"进了书房后，我关上门。每次来了客人，安娜都不想错过任何聊天。我倒了两杯波特酒，杯子上有灰尘，但我不想出去洗，芭芭看起来很紧张。

"你冷吗？"我问她。昨晚生的火现在燃成了灰，但还是热的，墙摸起来也是温的。

"做好心理准备，"她和我碰了碰杯，"是坏消息。"我想着是父亲又带来什么话了，心怦怦直跳。

"我有麻烦了。"她说。

"哪种的？"我问，开始感到绝望。

"老天，只有那一种。"

"啊，别呀！"我从她身边退后一步，就像刚刚受到了她的侮辱,"你怎么能这样?"

"听听这是什么话?你知道你在说什么吗?"

"可是你不能这样啊,"我惊慌失措地说,"你没和谁住在一起啊?"

"不能!这种事不是很容易吗?我的意思是,比搞两件大衣,或者比让人邀请去参加派对都容易。"

"唉,芭芭!"我抓住她的手。

"给我支烟。"她打断了我。芭芭讨厌被别人同情,也讨厌拉手这样煽情的举动。

我在尤金的书桌上找烟时,芭芭又倒了两杯酒。"别倒了,他会发现的。"我说。

"怎么了?你这是住在修道院里?"她把过滤嘴香烟放嘴里,结果放反了。我们坐下来商量,试图找到解决办法。

"是谁的?"我问,她不愿意说。她说是个已婚男人,他担心妻子会听到消息。我敢肯定是托德·米德。她说那个男人没把这当成什么大事,前一天隔着公交车的台阶和她道的别,"回头见"就是那男人和她分别时说的话。

"我可以去英国,或者来这儿。"她说。"来这儿"这几个字让我一时不知道该说什么。我能预见到她躺在我们床上,指使我起床去做早饭的场面。而且我也不想让房子里出现一个婴儿。我害怕婴儿。

"你不能想想办法吗?"我问。

"想想办法！"芭芭大声说，"太变态了。我什么破招都想过了，芒硝也吃了，园子里的地也挖了，把那破地方的地板蜡打了一遍又一遍，乔安娜一看这样把清洁工都给辞了……"

我差点脱口而出"彼之砒霜，我之……"因为我想到了不明真相的乔安娜看到芭芭跪在地上埋头打蜡时的那个高兴劲。但芭芭这时心乱如麻，我什么也不能说。她的牙齿咯咯打战，我坐她身边安慰着她，直到尤金回来。

"太变态了，"她不停地说，"所有事情都太变态了。巴格特街的地下室里，有个人给我灌着酒，说'芭芭，你是个高贵的女人'，那人一身腱子肉，穿了条网眼背心，我都不敢给他说我想回家。这就是我。"她喃喃自语，"到头来还不是个废物。"

我建议她还是去英国好一些。她有一笔保险金，到二十一岁时拿到了三百镑，这钱她父母应该要给她。

尤金听了这事，说如果没什么转机，芭芭可能就不得不来我们这里了。

"能建个后宫了。"尤金和芭芭开起了玩笑，芭芭一下子就笑逐颜开，对我颐指气使起来。她坐在那儿，穿着一条和服式连衣裙，腿抹成小麦色，脚踝叠着，我一点都不同情她了。

"你现在还刮胡子吗？"她问我。

"我从来就没刮过胡子，你怎么敢说这话！"

"和谁说话呢?"她凑过来仔细看我的下巴。有一次情况紧急,手边又没有镊子,芭芭就用自己的尖牙利齿帮我拔掉了下巴上的两根小黑毛。

吃午饭时,芭芭虽然之前抱怨说自己有晨吐反应,但饭量仍然大如牛。尤金说这是个具有历史意义的日子,要给我俩照几张照片。我们梳好头,和他一起去花园里,等着太阳再次出来。芭芭为了和我一样高,站到了一块石头上。

"这地方,我鸡皮疙瘩都起来了。"芭芭环顾着杂乱的花园说。灌木丛长得横七竖八,草叶上还挂着露珠,玫瑰丛的嫩叶舒展开来,变成了酒红色,只有水仙花正在盛开。

"茄——子。"尤金拍照的时候,芭芭说。现在这张照片还在我手里。我看着它,困惑不解,他拍这张照片的时候,我完全不知道自己的生活将会突然发生那么大的一个转折。

我们送芭芭去赶开回都柏林的夜班公交车。路上,尤金对芭芭说,如果事情发展到最坏的地步,她实在无路可走,就到我们这里来。

"我们会帮你的。"我说,想和他一起表示出一点好意。

"是的,"芭芭对我说,"你一向都擅长给住院的病人送橙子吃。"

尤金把芭芭送上了车,对她关怀备至,好像芭芭是个老太太。我突然想,如果我怀孕了,他也许会和我结婚的。

"可怜的芭芭,"他说,"这个可怜的女人。"我们向开动的公交车挥着手,车轮扬起尘土,我们闭上了眼睛。我对芭芭的感觉和尤金不一样——女人关心的大多是自己或孩子,孩子是自己的延续,或者关心自己的丈夫,丈夫填满了她们每天的生活、她们的脑子,还有她们的身体:他就是这样填满了我。尽管他不是我的丈夫。

我盼望着能很快结婚,也一直在攒着嫁妆。

每星期我都攒出十先令,放在一个盒子里,嘴里念着:"一件新的,一件旧的,一件借来的,一件蓝色的。"①

回家过了一两天,我就不再想芭芭的事了,只是隐约担心起她要来和我们一起生活。这是4月里有着紫罗兰色调的多雨天气——此刻还阳光明媚,下一刻就风雨交加,接着又会刮起一阵大风,风会吹走树篱上的雨水,吹落苹果树上的白色花瓣,飘飘洒洒像是下起了花瓣雨。这两三个星期的日子是快乐的,我帮他修剪了草坪,割下来的草沾在了我的帆布鞋鞋底。我们上床后,打开窗

---

① 西方传统婚礼要准备的四样东西。

子就能闻到青草的味道。

一天,安娜一边在石头台阶上磨着刀,一边唱着"窗户里的那只小狗多少钱"。我们把两盆水端到门外,他用雨水给我洗头。洗完后,他给我拍了两张湿着头发的照片(为了用完胶卷),还给安娜拍了张磨刀的照片。这时忽然下起了大雨,我们跑到楼上,他把我潮湿的头发挽成一个发髻,这样就不会弄乱了,然后和我做起了爱。外面,雨水让花园焕然一新。我们可以闻到雨水的味道、新修剪过的草坪的味道、报春花的味道,我问:"安娜会怎么看我们?"

"她会觉得我们真是快活似神仙。"他说。这时一股爱的潮流从他身上流出,流进我的身体,在我体内激起一阵连绵的涟漪。我快乐地应着他喊了出来,一边喊,一边担心安娜会抱着一摞熨好的衣服破门而入,门没有锁。

"这些小种子都让我们白白浪费了。"他柔声对我说,我含含糊糊地说明年可以考虑要个宝宝。应该就是我们躺在床上聊天的时候,邮递员骑着他嘎吱嘎吱响的自行车来过了,送来了两封电报。一封是给我的,另一封是给尤金的。

我的是芭芭发来的,上面写着:

> 月经来了,很快去英国。

她用词应该更隐晦点,不能把这个给尤金看。

"没什么,是芭芭发来的。"我说着看向他,却发现他的脸突然变得煞白,薄薄的嘴唇愤怒地紧紧抿着。我凑过去看他手里的电报:

> 你如果和她结婚,就永远不会再见到我和伊莱恩。我发誓。劳拉。

(村里的人又将看到故事新的一章了。)

"没关系的。"我看着他说,心里非常担心,同时也明白,可怕的事情要发生了,要将我们硬生生拆散了。

"没关系的,不要担心。"我不停地说,想让他到房间里坐一会儿,我给他泡杯茶,但他说要出去一会儿。我看着他垂着头,出了门,走在房前的地里,狗紧紧跟在他身后,毛茸茸的白尾巴扫着他的裤脚。我心想,他正在做选择,一个我和她们之间的选择,我多么希望自己能以什么简单、神奇的方式突然有个孩子。

过了些时候,他回来了,怀里抱着一捧开着红白花的山楂枝。我闻着山楂花甜得发腻的味道,说:"不要拿到房子里,不吉利。"

他对我的话嗤之以鼻,把花插到了门厅桌上一个大花瓶里。

当天和次日,我们彼此都很友好。我没有逼问他心里在想什么,也没有问他准备怎么处理和劳拉的事。

他脸色憔悴,眼周的纹路更深了。我们都睡不好。没有比缺乏睡眠更摧残人的了。到了第四天,我们看着对方就恼火,他为些鸡毛蒜皮的事发起了牢骚,比如浴室的毛巾怎么了、厨房的抹布破了什么的。他坐在桌前工作,为那个有关灌溉的片子做着准备,桌子上摊满了地图和百科全书。我把他的饭用托盘端进书房里。看到他在书房里埋头工作,看向我的时候,眼神里充满戒备,我想,他一定是打算丢下我自己去巴西了。每一次我都是赶紧跑出书房,以免自己说出什么蠢话。

到了晚上,他一动不动地坐着,听着音乐。显然他认为这之所以能变成一个问题,都是因为我。他让我觉得他现在很难过,不仅因为劳拉勒索他,还因为我居然让这件事影响到了我们的关系。阴郁在整个房子里蔓延,就像潮湿的夜晚,山间的雾气在田地上空蔓延。我觉得自己从来都不曾认识他。他是个陌生人,是个钉在椅子上的疯狂殉道者,不停地抽烟,不停地思考,不停地叹气。

到了星期四,我收到了芭芭的信,信上说星期天她会过来和我告别。怀孕的事已经解决了,她的祈祷应验了!但她还是下定决心要去英国。

信上说:"我要离开这个万恶的国家了,星期天给我准备好一些五镑的钞票吧。"我想起那个晚上,泥汉在格雷沙姆酒店甩出几张二十镑面值的钞票,买了我见过的最大的一瓶白兰地,把酒瓶拴在自己脖子上,扮作一只圣伯纳犬。

我刚看完信,一辆卡车开来了,车上好像装满了电线杆,还拉了不少穿蓝工装服的人。其中一个上来敲门,告诉我他是来安装电话的。自从电线接通后——那是2月份的事了,我们就一直想装一部电话。我把尤金喊过来,商量好把电话装在前厅。

"这可太棒了!"我说着把插着山楂枝的花瓶挪走,山楂花瓣大半都已经凋落到地毯上了。两个工人在前厅里忙着,另外两个在前面的地里竖起了一根电线杆。

"这下风景就破坏了。"他说。我们站在窗前看着那些人干活,看着水仙花丛。前一晚风雨交加,一些水仙已经倒在水中成了一片黄色的花海。我给工人倒了茶,然后看着他们干活,期待着电话装好的那一刻,到时我就能给杂货店或者别的什么人打电话了。

下午,我坐下来读了一会儿书,这时诗人西蒙开着一辆老式奥斯汀车来了。车上还有一个女孩,一个高个子美国女孩,叫玛丽。我把他们领进客厅,叫尤金出来。

"这地方真好啊。"那女孩说。她的口音很平和,完全不像妈妈的那几个表姐妹,有一年夏天,她们从美国来,大嗓门,高谈阔论着,四个小时里没歇一下。

"西蒙常常说起你。"她对尤金说,"你来到这个地方,藏在这个避风港里,真是太棒了。现在多少才华出众的人都精神分裂了,有人能从那样的环境里摆脱出来,真好。"

"爱尔兰人差点把我给大卸八块了。"尤金开玩笑说。本来毫无必要,非要重提这个话题,太讨厌了。

"爱尔兰人差点把他搞得千疮百孔。"西蒙嘻嘻笑着说,"用的是斧头,还是折叠刀来着?"

"是钉靴。"尤金说。

"老弟,你可算幸运的了,那帮人没把你的蛋蛋割掉。"西蒙说。

高个子女孩朝我摇摇头,表示他们说的话和她没有一点关系。她披着一头棕色长发,顺滑得像是从早到晚都在悉心梳理。她穿着一条黑色长裤,黑色面料里夹着银线,身材匀称优美。

"等着教皇来戈尔韦吧。"西蒙对她说,"你知道红衣主教晕倒这事吗?"她摇了摇满头的棕色长发,急切地问是怎么回事。

"圣母玛利亚最后一次降临的时候,透露了下一任教皇将要遭受折磨。听到这个天机,斯佩尔曼红衣主教直接就晕倒了。哈哈哈……"他发出一阵可笑的单调笑声。高个子女孩跟着他笑了起来,说:"太好玩了!"

"你有梳子吗？我感觉自己都披头散发了。"她摸着浓密长发发尾的卷儿说。我带她上了楼。我判断不出她的年龄，猜测应该是二十二岁左右，和我差不多。不过她懂得比我多多了。进了卧室，她先欣赏了一下雷诺阿的一幅女孩系鞋带的画，然后又透过后窗玻璃观赏起外面的几棵松树，说这番景色让她想起自己的家乡新英格兰。她接着就开始描述自己从小生活的地方，我敢发誓她口中的那番描述绝对是从书上搬来的，说得太行云流水了，什么"松树枝直插云霄"的。

"我的梳子可能不太干净。"我说。梳子是白色的，梳齿之间但凡有一点脏污都能看得清清楚楚。

"好着呢。"她轻轻一笑，用梳子梳理着头发，微笑着看着镜子里的自己。我问了几个愚蠢的问题。

"你喜欢爱尔兰吗？你喜欢美国吗？你喜欢衣服吗？"

"当然。我喜欢爱尔兰，喜欢美国，喜欢衣服。"她一边笑着回答，一边把粉色泡泡纱衬衣扎进长裤里，"我最喜欢毛衣。"我想象她的衣柜里挂满了干净整洁的衬衫，还挂着一排不同款式的腰带，和不同的毛衣搭配。她拉起一条裤脚，挠了挠小腿上被蠓咬的一个包，肿起来了。她腿上的汗毛很密，不过穿上长裤没人能看见。她还穿着平底鞋，我感觉她身上的一切都经过精密的计算，正好能迎合尤金的喜好。

我正要跟她说："我有些紧张，心里也不踏实，不要伤害我。"这时，只见她正仔细用一个小骆驼毛刷抹着口红，双唇又变得粉嘟嘟的。我突然意识到，她不好说话，也很聪明。

"我从来都没用过唇刷，很难用吗？"我问。

"很简单，这个留给你，可以练练。"她说着把装小刷子的金色小包留在了粉盒上面。我们往楼下走的时候，她一直在微笑，看到什么都高兴，甚至连楼梯拐角那儿深色墙纸角落里"可爱的蜘蛛网"都让她欢喜。

"我太喜欢这个地方了，看这景色！"她在客厅对尤金说，灰色的眼睛直直地看着他。

"到这儿来。"尤金曲了曲手指。她跟着尤金走到落地窗前，看着远处峡谷里的那一片白桦树。树林现在不再是紫色的了，变成了朦朦胧胧的浅绿色。尤金把窗户开了个缝，她将手伸出去轻轻摆着，仿佛她是只正待飞翔的白色小鸟。

她说自己在伦敦的国家电影院看过尤金的一部"特棒的电影"，尤金惊讶极了。她兴致勃勃地说了几分钟，然后环顾着这间天花板高高的破旧客厅，说："真是太迷人了，这房子。"我扫了一眼他布置的房间，意识到里面没有我的半分功劳，我连个靠垫都没添置。我便出去泡壶茶。

回来时，他正在给客人放唱片，就是那张让我想到鸟儿的经典唱片。她站在窗前，对一切都啧啧称赞，同时随着音乐晃动着身体。他走过来从我手里接过托盘,脸上带着微笑,而我已经有好几天都没见过他笑了。

"你们装电话了,凯瑟琳,这下你可以给所有朋友打电话了。"西蒙说。

"是的,可以打了。"我说。我只有两个朋友,芭芭和泥汉,他们没一个人有电话。

尤金给大家倒茶,第一杯给了玛丽,然后拿着糖罐转了一圈,最后站在我面前问:"你加糖吗?"

"加糖?"我尖锐地重复着这个词,好像他问的是"你加砒霜吗?"。我摇摇头,盯着他说:"不,我不加糖。"

换成别的任何时候,我都不会介意,但那天我比平时更为敏感。

"哦,当然了,你不加糖的,我刚想成别人了。"他说,然后笑着走过去把糖罐递到西蒙面前。

"注意点。"西蒙说着朝玛丽挤了挤眼睛。玛丽礼貌地问了我几个问题,比如我是不是认为吃糖会长胖。

"纽约怎么样?"尤金温柔地问,好像这女孩是他正在慰问的对象。

"纽约啊,那地方太糟糕了。"玛丽开玩笑说,"我再也不回纽约了,我喜欢欧洲。这里更有文化热情。你们的所有画家、作家、艺术家都更好地融入了社会。我的意思是,有一天我碰到一个公交车售票员,他读詹姆斯·乔伊斯。你喜欢纽约吗?"

"看怎么说吧，"他皱着眉头，"我觉得我是喜欢的。我讨厌纽约，但也喜欢纽约。我灵魂的一部分就在纽约。比如说吧，我在布克兄弟那儿可花了不少钱。"

他们都笑了，但我不懂笑点在哪里。

"我也一样，身上的现金从来都没超过两万美元。"西蒙说。

我感到很孤独，也不想和他们待在一起。只有我和尤金两个人时，一切都还好。可一旦来了别人，尤金就不属于我了，即便是那个穿着针织长袜的家禽饲养女指导师来了也一样。除了童年的那些事，我也没什么可以聊的了，可那些事他全都听过了。

"你去过美国吗？"玛丽问我。

"还没有，但我想去，希望明年吧。"我说。

"打死我也不同意。"尤金说，"我喜欢那首老歌，唱的是保持你的纯真你的甜蜜。"

玛丽对他说，一定要让女孩子去旅行，千万不能对女人不友好，现在社会上正在抗议这个。他们互相调侃了一会儿，玛丽嬉闹着把针织茶壶套朝他扔了过去。他说："要不要出去看看？"这一阵玩闹才停息。

她站在窗前，背对着棕色的百叶窗，个子高挑，美丽动人。尤金看着她对西蒙说："她和那位'你的女人'太像了，我真过不了这一关。"西蒙笑着说她们一定吃了同样的维生素。

"她们现在有种什么方法，可以让自己长成这样子。"西蒙嘿嘿笑着说。我知道他们的意思是玛丽很像劳拉。我的喉咙里瞬间堵了一团东西，一时哽咽，心痛起来，感觉眼泪就要流出来了。我走到门口，含含糊糊地说了声要去泡壶新茶，也没等谁注意到我，便赶紧走开了。

我走到花园里那个属于我的秘密座位，那是我有时会来痛哭一场的地方。所以，她像劳拉！劳拉就是那样，神采飞扬，侃侃而谈，连扔茶壶套都那么迷人，还不会打翻任何东西，而我就会。刚才每一秒的每一帧都在我眼前又过了一遍，他那样笑着看她，带她走到窗前看风景，她惊叹的语调，还有袖口露出来的男式手表。（安娜不也告诉过我劳拉戴的是男式手表？）

我流着眼泪，觉得特别凄惨，嘴里咒骂着这一切，太残忍了。太令人震惊了，晚上还那么爱我的一个人，到了白天却似乎变成了陌生人，还问我"你加糖吗"。

在此之前，我以为两个人在床上融为一体就意味着在生活中也会融为一体，但现在我知道自己错了，恋人有时也会成为陌生人。

所以，她像劳拉——高高的个子，修长的双腿。劳拉回来了，也会是今天这样；或者他去巴西时，半路也会去看她。会是那样的，情形只会更糟，还有他那个孩子呢，那个小女孩，就在前一天，他还给她做了个相框，挂在浴室里，说："希望这个不再会对你有什么影响。"

我神情恍惚，哭泣着，四处走动，嘴里咬着一根草来平复自己的心情。他又拿我的家庭和亲戚说个没完，总是这样，总拿他们涨红的面孔和固执鲁莽的行事让我难堪。他嘲笑他们的时候，我感到那么难受，那么绝望，总有一天，他会因为他们而离开我。一年又一年，我们的生活过得心满意足，然而会有一些时刻，心中会迸出刹那的火花，照亮我们的内心。就是在某个这样的时刻，我全然预知了这个结局。我仍然哭着，咬着那根坚硬的草茎往回走，走到客厅的窗户旁时我偷偷往进看，眼前的情形让我惊慌失措，他们仍在聊着，笑着。玛丽蜷着腿坐在沙发上，鞋远远地脱在地毯上。对我而言，一个女人当着众人的面脱掉自己的鞋子，是异常危险也异常直率的行为——简直和脱掉衣服差不多。我做不到这样。

他们喝着威士忌，他像是在给他们讲什么故事，逗得他们哈哈大笑。玛丽一只手按着腰，似乎在求他别讲这么有趣的事情了，就像是她腰上刚缝过针。西蒙坐在摇椅上，前后摇着，哈哈笑着。没有人惦记我。

我默默走开，哭得更厉害了，还用手指捏碎了一朵无辜的花，然后又想起劳拉写给他的那几封信，不知道他是怎么回复的。我还想到了那封电报，想起上面的每一个字——"你如果和她结婚，就永远不会再见到我和伊莱恩。我发誓。劳拉。"电报最下面有一张贴纸，上面写着"回信用西联"。不知道他是已经回复了,还是没有。他做事情一般都不会告诉我。

这时我最好走进去,若无其事地和他们聊聊天,或者直接收拾行李走人,但我哪一样都没做。我第二次走回去从窗户往里看时,他已经生起了火,火苗高高的影子在粉红的墙上跳跃。客厅看起来很迷人,暮光下的房子都是这么迷人,这时人们都在吃着饭,聊着天,喝着威士忌。我满心希望自己能走进去,说几句随意的话,或有趣的话,几句能排除我局外人身份的话。

然而,我进了侧门,上了楼,到我的房间里去补妆。接下来的一个半小时里,他们一直都没走。

"让我看看她在不在这儿。"我听见尤金在楼下说,然后他喊起了我的名字,"凯特,凯特,凯蒂。"接着又打了几声口哨。我没吭声。后来,我听到他们关车门的声音,车发动了。终于,他们终于走了。

他回到房子里,又叫我的名字,然后去厨房问安娜:"不知道凯瑟琳去哪儿了?"

安娜一定是朝卧室点了点头,他立刻就上来了。听到他上楼的脚步声,我的心怦怦直跳,一半是怒火中烧,一半是如释重负。他用口哨吹着"不知道谁在亲吻着她……"的曲调。天基本上黑了,我躺在床上,身上盖了块毯子。

"你要歇一会儿?"他说着进了卧室。我没答话,他走到我身边,弯下腰说,"是不是又开始多愁善感了?"

"是的。"我生硬地说。

"你究竟怎么了?"他突然说,语气痛心疾首。我很惊讶,本来以为他能多哄我一会儿。

"你不在意我,忽略我。"我说。

"我过得快乐了,就是不在意你了?就因为你还没学会聊天,我就不要和别人说话了?你要是不习惯看到我和别人聊得高兴,我们最好各回各家算了。"他语速很快。

"你就不应该让我来这儿。"我说。

"是你自己来的,我没让你来,我也没请你那伙亲戚跟着你来。"

他口齿清晰,对自己的正义立场也无比确定。

"我什么都给你,吃的,穿的。"他指着我挂在衣柜里的衣服说。衣柜的门有时会突然自己打开,就像里面有鬼一样。刚才就开了。"我尽心尽力地教育你,教你说话,怎么和人打交道,建立自信,就这还不够,你现在还想占有我。"

"我喜欢就咱们两个人待在一起。"我的声音低了下来,想让他也小点声。

"这个世界不光有我们两个人,这个世界还有今天来的这个女孩、西蒙、你遇到过的那些人,还有你将来会遇到的人。实话实说,"他坐在床边叹了口气,"我想我做不到，我觉得我做不到完全从头再来，从最简单的起点重新开始，这个世界没给我留那么多的时间。现成的已经教育好的姑娘，成百上千。"他朝门的方向努了努下巴，好像玛丽就在过道里一样。

他指着我。

"你的那些缺陷、恐惧、创伤，还有你父亲……"我哭了起来。对自己的那些缺陷，我了如指掌。

"年轻姑娘就像石头一样，没什么能打动她们。你不能和石头建立关系吧，至少我不行。"他说。

"可是你喜欢教我东西啊，"我不同意他的话，"你说过喜欢教我的。有些姑娘不一定会接受，但我不介意你给我讲那些冰川时代、进化、自我暗示、利润动机什么的。可能她还不想听你给她讲这些事情……"我还想告诉他，玛丽腿上的汗毛很重，但又一想，那样就彻底暴露我的本性了。

"也许她是不想，"他说，"但那也不影响我和她说话，不影响我喜欢她……"

"可是你喜欢我啊，你喜欢和我上床，喜欢那些事。"

"拜托！"他不自然地说，伸出手去抓一只从开着的窗户飞进来的蛾子，然后站了起来。

"依我看，劳拉要是回来，也和今天是一样的。"我说。

"也许吧，"他说，"我和你的关系不能抹掉我和别人的关系，你们都是——"他想了想应该怎么说，"不同的。"

"好，如果是这样，我不知道自己还在这儿干什么。"

"我确实也不知道你在这儿干什么，行为举止像个酒吧女招待。"他慢条斯理地说着，不慌不忙地走到壁炉前面。壁炉栅上沾着纸片、火柴，还有我梳子上掉下来的头发。

"刚才我一直在想，如果当初没有碰到你，我现在也许会过得好一些。"我说。

他胳膊肘靠在壁炉上，把一瓶报春花往里推了推，说："你又不善于思考。为什么不起来，去洗洗脸，搽点粉？去干点事吧。擦洗一下墙，给我补补袜子，或者和你那一身是刺的本性做做斗争，弥补一下你的那些缺陷……"

我看着他站在那里，神情强硬，坚硬如石，像个陌生人一样对我说话。

"你还会再见那个女孩吗？"我问。

"也许吧。干吗不见呢？"

"她是和西蒙一起的，是西蒙的女朋友。"我说。

"呵，拜托，不要对我道德说教，没有什么是不可改变的。"他说。我心想，是的，包括我们，而且我也意识到，假如我爱他爱得足够深，是能忍受他带给我的这一切的。

"你要是再见她，我就走，再也不会回来。"我说。我嫉妒的不仅仅是她的魅力、她的外貌——当然这些我也是在意的。我嫉妒的是她让尤金想到了劳拉这个事实。我想完完全全地拥有他。

"这样的话,你现在就该收拾东西了,明天要和他们一起吃午饭。"

"有我?"我问。我很生气,他不应该把我拉进去。

"有你。"他疲倦地说,"如果你能让我相信,你可以举止有度,不会再沉溺到自己多愁善感的情绪里。"他往门口走去,"照照镜子,看看你自己,像个又红又肿的洗衣妇。"

"尤金,尤金——"我跳下床。他转身问:"怎么了?"但他脸上的怨怒让我吞下了本来要说的一切。我触碰不到他。

他下了楼,放起了音乐,我坐在床上谋划着,要怎么做才能给他个教训。我决定了,离开这里,让他没那么容易找到我。我想起芭芭给我讲过的一件事。萨莉·米德(托德·米德的妻子)有一次离开了托德,托德找遍了所有酒吧、大街小巷、各个旅馆,找了三天,最后还是警察找到了她。当时她正吃着冰激凌,就她一个人,在电影院的后排坐着。她那几天都待在电影院,晚上在一个小招待所里过夜。但我不需要这样,我可以去乔安娜家。我可以帮芭芭收拾行李,让他慢慢去找我。等着吧,他会赌咒发誓再也不让我离开他的视线一步。

19

这是个漫长的夜晚。我从衣柜顶上取下一个行李箱，开始往里面装衣服。我把首饰（有妈妈的几件小首饰和他买的一条金项链）装进盒子里。大约两点钟的时候，我下楼去给自己热点牛奶喝，中途在书房外听了听动静，他好像在里面走来走去，收音机里正在播放长笛音乐，笛声忧郁。有那么一瞬间，我突然有种冲动，想敲门走进去，请求他的原谅，然后和他一起听音乐。然而，我继续下楼去了厨房，热好牛奶，拿上楼，上了床。其实后来只要他上来，我随时都可以向他表达歉意。但那晚，他睡在了客房，这是我最介意的。

到了早上，我们仍然不说话，他刮胡子的时候，我把行李箱放到了车后备厢里，把他买给我的婚戒放在他桌上的烟灰缸里。我最后决定要出走一星期，给他留出足够的时间来想念我。手袋里还有一封信，准备到了都柏林再给他。当然了，在信里我假装要永远离开。

门厅里新装的电话机干干净净，闪闪发亮，等着有人用它。安娜看着电话,说希望我们不在的时候,电话铃可别响。她百无聊赖,把头发染成了金黄色,结果技术太蹩脚,还可以清楚地看见头发根是黑的。我没告诉她我要离开的事,不然她肯定会求我留下来,要不就是带她一起走。

我和尤金一路上没说几个字,一直开下山,开过褐色的田野,又沿着长长的多石山路开下去。这时草地茂盛起来,有牛群在吃草。土豆地里不久前喷过硫酸铜,上面泛着一层蓝色。

"在哪儿吃午饭?"我问。

"谢尔伯恩。"他回答。我看着窗外,石灰岩墙上有两块牌子,上面用弯弯曲曲的粉笔字写着"起来!爱尔兰共和军"和"避让骑行者"。我默念着这两块牌子,告诉自己可能永远都不会再从这条路走过了。我只是告诉自己,心里其实并不相信。

路过一片苏格兰松林时,我说:"我现在知道一些树的名字了。"他没有回应我。阳光下,松树枝泛着红晕。

我们在圣斯蒂芬公园下了车,往酒店走。我走在他前面一点。进旋转门时,我说:"我先去一下更衣室,一会儿就来。"他一声不吭地进了酒店休息厅。

我从更衣室里取出装在纸袋里的信(装在纸袋里是为了防止弄脏),出来交给酒店门童,还给了他两先令,让他转交给休息厅的盖拉德先生。然后我就跑出了酒店,感觉到了久违的兴奋。我从没有上锁的后备厢里取出行李箱（后备厢从来不锁），打了一辆出租车去乔安娜家。车上，我一直在想他看到那封信该有多么震惊，会多着急地赶到乔安娜家去找我。信很短，只有这么一句话：

　　　　我爱你，但不想成为你的负担，所以我选择离开。再见。

我在车上往脸上扑了点粉，免得到了乔安娜家会看起来容颜惨淡。

"天哪，看看这是什么风吹来的！"芭芭给我开了门，然后就跑回前厅去喊乔安娜。

"我的上帝啊，你是不是怀了孩子，于是那个男人把你给我们送回来了？"乔安娜喊了出来。我提着鼓鼓的行李箱站在门口，行李箱的一个锁舌撑开了。乔安娜穿着一件我留在那儿的夏裙，看起来特别好笑，一定是让她给改大了。芭芭穿着蓝牛仔裤和无袖上衣。房子里特别热。

"没有，我就回来几天，帮芭芭收拾收拾行李，然后送她走。"我高兴地说，她们让我进了门。

乔安娜正在用一种黄色粉末冲柠檬水。厨房的窗户开着，在风的吹拂下，花布窗帘在抬起的窗框下轻柔地膨起来。我看见我的自行车就放在外面，想到自我最后一次骑自行车以来所发生的这一切，心里充满了悲哀。芭芭开始质问我，我很快就和盘托出了。

"我妈的话完全没错，男人都是猪。"芭芭说。

"对，对对，"乔安娜说，古斯塔夫不在，"抽烟，还想得多，我生气了他就大喊。我又紧张，都说不出来话。"

"让凯特说。"芭芭打断了乔安娜。最近遭遇的不幸让芭芭脸色苍白，烟抽得比以前都凶。

"去英国吧，我们会有快活日子过的。到伦敦的苏豪区当个脱衣舞娘，这才是咱要干的。"芭芭对我说。

下星期五芭芭就要去英国了，她父母已经认命了，知道她永远都过不了考试的关，同意让她把保险金从银行取出来。她跟父母说的是自己要去做护理工作。

"嗬，护理！给人刮胡子，换床单！我可是要去苏豪区的，那才是我见识生活的地方。你应该和我一起去。"芭芭说。

"哦，不了，他会让我回去的。"我跟他们说了让门童转交给他信的事。乔安娜让我们把前厅打扫一下，等他来了，要看起来体体面面的。很可笑，在夏日的一天，费心给一盆橡胶植物拂去尘土，而就在外面的花园里，美丽的花儿正在怒放。桂竹香的花开了，芍药花的花苞刚刚启开。我知道他三点半或四点之前应该不会来，他还要装作若无其事的样子，跟西蒙和玛丽吃完那顿午饭。

"给她拿杯酒吧。"四点过一刻的时候,芭芭对乔安娜说。我坐在窗边,撩起纱帘往外看。过了一会儿,我又放下窗帘,心想我不看外面他就会到。我的手在颤抖,胃也特别难受。

四点半了,什么事都没有发生。芭芭打扮了一番,出去找他。我想着各种借口,抓着愚蠢的希望不放手,绝望的时候,人都是这样。"他没拿到信""他不知道我去哪儿了""他一直都记不住乔安娜家的房号",怀着这些渺茫的希望,我把乔安娜做的蛋酒喝了一杯又一杯,从窗户走到门口,又走到前厅,上楼梯,再下楼梯。最后乔安娜受不了了,灵机一动,给了我一件毛衫让我拆。我预想着我们的重逢,一会儿他和芭芭进来时,我是应该先生会儿闷气好呢,还是直接张开双臂跑向他?

这时古斯塔夫进来喝茶了,和我握了握手。吉安尼,就是那个房客,也进来了,还是和以前一样满脸自负。

"你怎么看这个国家?你见过很多野生动物吗?"他问。

"野生动物!"我拿了自己的茶杯,去了后屋。乔安娜在后屋的窗台上放了几桶腌蛋和苹果。

"芭芭也该回来了。"我对着放在壁炉上的石膏小仙女说。乔安娜过段时间就要给小仙女涂上红脸蛋,那间房里的所有东西都会发霉。房顶漏水了。

终于听到了开门的声音,我跑了出去。只有芭芭一个人。

"芭芭，芭芭!"我叫她。芭芭的脸颊绯红，我知道她一定是喝了一两杯。

"上楼。"芭芭说着，朝餐厅做了个鬼脸，意思是不想让别人听到。

"他在外面吗?"我问。芭芭拉着我往楼上的卧室走，这间卧室是我和她合住的。我们把门关上了。

"他呢?"我问。

她直直地盯着我看了一会儿，然后说:"他回去了。"

"不带我?"我很吃惊。"他不是来找我的吗?"

"不是，不是来找你的。"芭芭叹了口气。

"那个玛丽和他一起走的吗?"

"那个白痴！什么都是'好可爱''好感人'。你告诉我她长得好看？老天，和我们比，她算老几。她也就是有一身好内衣，还有一条垂到肚子上的项链罢了。我根本不鸟她。"芭芭脸上带着胜利的微笑说。

"她在哪儿？和尤金一起回去了?"

"她那个大笨蛋，肚子疼了，那个小胡子特务只好送她回去。小胡子对我说:'哇!'我回他一句:'汪汪——'你对这种坑蒙拐骗的人太心慈手软了!"

"那尤金呢?"我问。

"坐下。"她递给我一支烟，然后开始说，"我告诉他你在这儿，他说'自然!'，然后给我要了杯白兰地。等那一对走了，我告诉他你生气了，他说你俩之间的事，他已经决定了……"

我浑身发抖,紧紧攥住床单,心里做着最坏的打算。

"他说你就待在这儿吧。"芭芭直截了当地说,"他说,老男人和年轻姑娘的故事在书里是讲得通的,但书外就不行了。你就待在这儿吧。"她说着指了指那两张铁架子床,"或许等你再长大点,他在美国把灌溉的电影也拍完回来了,到那时再说。你现在进也不是、退也不是了吧?"

我摇着头哭了起来,手紧紧地抓住缎面床罩,芭芭觉得我都要把床罩撕破了。我往床上一趴,呜咽起来。

"老天,你可别神经出问题了,"她抓住我的肩膀让我平静平静,"可不敢抽搐呀,你可不能发疯啊!"

"我活该神经出问题,活该发疯!"我喊叫着,这时乔安娜进来了,说了几句同情我的话,然后跟芭芭说趁我还没把床罩弄坏,赶紧取下来。我躺在床上,鞋也没脱。芭芭把我往床边推,我滚到了地板上,拳头捶打着棕色的油毡。她俩把床罩叠起来放进了抽屉里。

"有点发疯了,呃?"乔安娜说。这时芭芭想起我们的一个朋友,叫汤姆·希金斯,他的情况比我好得多,都被送到格兰戈尔曼的精神病院去了。希金斯在奥康奈尔桥上亲了一个陌生的修女,因为看到这个修女,他就想起死去的妹妹。他妹妹曾和芭芭住在同一家疗养院,挨着芭芭的床,后来得肺结核死了。他妹妹死之前,他弟弟也在西班牙被人杀死了。

"我要去找尤金，我要去找尤金。"我说着跪了起来。

"不行，别去。"芭芭坚定地说，"他不想要你。"

"他想要我，他想要我！"我喊叫起来，古斯塔夫进来了，看见我跪在地上，披头散发的，哭着喊着，他惊讶得张大了嘴巴，又是尴尬，又是诧异。

"凯瑟琳小姐啊，那么温柔的一个人。"他说。是的，我心想，我以前是那么温柔的一个人，可现在却因为一个混账男人，变成了这副下贱的疯样子。我仰面躺在地上哀号起来。

他们把我抬到床上，给我吃了几片药，喝了几口威士忌，然后又给我吃了几片药，让我平静下来。我和芭芭一起睡在她的单人床上，半睡半醒之间，我以为放在我肚子上的是他的胳膊，一下子醒了过来，感觉如释重负。但马上我又不得不面对事实，面对那一片虚空。那是我最最想念他的时刻。芭芭的胳膊抱着我，但我闻到的是他的身体：他在熟睡中甜蜜、慵懒的气味，他胸脯上细密的黑色汗毛，他皮肤的蜜糖颜色，还有包裹着我们俩的那种温暖，夜复一夜的温暖。我再也睡不着了，吃下去的药片和那一通大哭让我昏昏沉沉。

芭芭已经不去学校了，所以第二天早上十一点左右，我们找了个电话亭，芭芭给他家打电话。接线员告诉她电话没有接通,稍后再打吧。

回到家,我坐在窗边,看着窗外的芍药花正在开放,白桦树的叶子在风中向上空卷起。芭芭给我端来了茶,又出去三四次,给他打电话,但一次都没打通。

我想,芍药花正在盛放成一朵大的红花,而他也正在来找我的路上;然而我错了,等那天晚上芭芭终于打通了电话,安娜告诉她,盖拉德先生已经走了,走的时候带了一个旅行包。

"他可能要去伦敦还是什么地方待几星期。"芭芭说。

"几星期?再等上几星期,我就要发疯了。"

"这星期五我要去英国,"芭芭朝我晃了晃手指,"拜托你不要阻拦我,别求我待在这儿伺候你。已经几个月了,我一直都想着要走,任何人、任何事都别想阻拦我。"

"我不会阻拦你的,芭芭,他会来的。"我确定他会来,只是早几天晚几天的事情。

"那他要是不来呢?"

"他会来的。"

"可是万一他不来呢?"她反复地问这句话。我想她是嫉妒我,才这么打击我的信心。她又说我要是愿意,可以和她一起去英国。

"你可以在伦敦见他啊,说不定他已经到那儿了。"芭芭说。这很可能,他拍电影的好几家公司都在伦敦。但我又想,最大的可能是,他只是去钓鱼了,在哪个酒店住一晚而已。他心里有事时常常出去钓鱼,而且我知道他肯定在想我。

那天晚上,我没有答应芭芭和她一起去伦敦。第二天她又开始提这事。我说也许我会去的,但实际上心里并不觉得我真的会去,只不过做着出行准备能让我有事情可想。而且,我觉得这样可以向他证明我有多独立。我给他写了封信,告诉他我要走了,信封上注明"紧急"和"私密"。

芭芭这时已经在做我们的出行计划了。她给她母亲打了电话,让她转告我父亲,我已经离开尤金了,要和芭芭一起去英国了。父亲很是欣慰,给我写了封信,表扬我忠于家庭,忠于我的宗教。他寄给我五十镑作为奖励,这钱无疑是从他的安迪堂弟和其他有钱的亲戚那里筹来的。他们想让我回家住些日子,但芭芭在电话里跟她母亲说没时间了。芭芭已经买好了票,但其实我潜意识里仍暗自觉得等尤金来了,我会退掉票的,或者送给哪个穷人。我觉得他肯定得来,不然我们之间的一切就都没有意义了。

我又给他写了封信,邀请他来和我们喝一杯,道个别。信里没有丝毫歇斯底里的意思,因为我知道,他一看见我就会再爱上我,想要保护我。我告诉自己,人们对我都是这样的,很容易忘记我,但一旦再看到我,就又会被我吸引,而且想要保护我。

没有收到回信。我有两次都走进了电话亭,但不知是出于虚荣,还是恐惧,最终没有打那个电话。而且,我并不想在电话里和他谈,我想让他亲自来见我。但实际上,我心里非常害怕他已经离开了。

我和芭芭这几天频繁地出去,告别,买新衣服,买新内衣,做头发,和芭芭的朋友们喝酒。有时候,我们正在酒吧里喝着酒,我会突然有种感觉:他此时正在乔安娜家门前坐在他的跑车里等着我。我会立刻离开朋友们,打辆出租车赶回家,但每次都只是失望。

夜晚是最煎熬的:想着他坐在书房里,听着音乐,摆弄着棋盘上那些象牙棋子,想着他把牛奶上面的奶油刮掉,说自己可不想五十岁就死于血栓。我的嘴唇内侧长满了水疱,在我渴望与他重归于好的痛苦之外,这更是雪上加霜。我想起他曾经说过,年轻姑娘就像块石头,我想让他知道不是这样的。

四个白天和四个夜晚过去了。到了第五天,我们该走了。芭芭订的是双铺包厢,她把船票装在一个小赛璐玢袋子里。我收拾好了行李,假装自己就要走了,但心里知道我一上船,他就会在哪个地方站着,神情悲伤。当他拍拍我的肩膀,说声"凯特"时,我会立刻转身,然后跟他走。在给他的一封信里,我说了确切的开船时间和出发地点,所以我知道,他会来的。

20

最后一天到了,我们买了标签和绳子,给汤姆·希金斯寄了一个果子面包和二十支香烟,他在精神病院(我们不敢去看他)。午饭时,乔安娜做了鸡肉作为庆祝。

吃完饭,我们把最后剩的一点东西打包好。乔安娜不停地唠叨,让我们给她留些衣服,把瓶底的那些香水也都留给她。芭芭为了让乔安娜高兴,往三个香水瓶里添了水,凑成了三个半瓶。

收拾完后,我们匆匆忙忙一家接一家地去邻居家道别。芭芭陪我去向伯恩斯夫妇告别,我以前在他们店里工作过。伯恩斯先生给了我一镑钱,说是天主把我从那个可怕的男人身边拯救了出来。似乎除了芭芭没人意识到,我唯一的愿望就是回到尤金身边。

"高兴点,到了伦敦,你可以给他写信,他肯定会过来带我们出去吃大餐的。"芭芭说,我们这时正往回走,路上能闻到山楂花的香味,那是风从人家的花园里吹过来的。我不知道他会不会来。有两三次,我都想让芭芭再打电话试试,但又想,这样也许会彻底坏事,他反倒不会来了。

回到家,乔安娜家前院的花园里,芍药花完全绽放了,开成了一片熠熠生辉的深红色。乔安娜给花浇了水,花瓣娇艳欲滴。他仍然没有来。芭芭安排好跟泥汉和托德·米德在一个酒吧见面。

六点钟,一辆出租车来接我们,古斯塔夫帮司机搬行李箱。等他们都进了门,我跑回去在门环下面别了张字条,"去了船对面的酒吧",好让他知道哪里可以找到我们。我不想让乔安娜知道我留了字条,不然她又会说这是给了盗贼一个破门而入的好机会。

这是个昏暗的酒吧,里面装饰成了船舱的样子。壁炉上方摆了一排瓶子,瓶子里装着大小不一的船模型,墙上挂着一幅罗伯特·埃米特[1]的画像。我用脚尖在锯末上画着圈,不知道自己还能坚持多久,能忍住不给他打电话。

"好了,凯瑟琳,高兴点吧,宝贝。"泥汉说着递给我一杯酒,是加了柠檬的朗姆酒,我不喜欢。

"你要是撞上了哪个出版商,要告诉我啊。"托德·米德说,他隐约觉得自己可以写本小说,能一下子变成

---

[1] 罗伯特·埃米特(1778—1803),爱尔兰民族主义领袖,1803年发动反抗英国统治、争取爱尔兰独立的起义,失败后被捕,法庭以叛国罪将他处决。

名人。

"萨莉还好吧?"我问。我没见过萨莉,但自从那次芭芭怀孕后,我就非常同情她。

"她状态很好啊,在花园里忙来忙去的。"托德说。其实我很想问问他,萨莉的真实情况到底怎么样,但还是没问。托德比较容易焦躁,让人不敢问他一些实质性问题。

"我在想他们是怎么把船装进瓶子里的。"他朝一个装着一艘小白船的高瓶子努努下巴。这就是托德逃避的方式,总是会把话题转移到琐事上去。我会记着他的,蓝色的眼睛,内心深藏着苦怨,穿着黄褐色的旧羊毛大衣,腰带上本来应该系搭扣的地方绑成了一个结,把自己扮成一个对品酒、美国作家和瓶子里的船都有研究的权威人物。

两个圣三一学院的学生来和芭芭告别。芭芭努力说服其中一个把学校的校服围巾解下来送给她,去了伦敦好显摆显摆。

我看着芭芭,听着托德说话,心里突然一阵慌乱。我站起来对芭芭说:"我要去给他打电话。"

"好吧,打吧,又没人拦着你。"芭芭说着,把圣三一学院的围巾戴到了自己头上。

电话在前厅,我得先换一先令和几便士的硬币,再等上几分钟,才能把这个电话接通到他家的电话上。

是安娜接的电话。

"没,他没在。"安娜大声对着电话喊。要知道这是她一生中第一次,最多是第二次用电话。

然后她的声音就变小了,让我感觉她是转到一边去和什么人说话了。

"安娜,我要去英国了,就是想和他说声再见。让他过来和我道个别吧。"

"他不在这儿,"安娜重复了一遍,"他去地里了,我对主发誓。"听到了我的抽泣声,她对我说:"要是他回来了,我就让他赶过去见你。你在哪儿?在那里还能待多长时间?"

我只好大声问酒吧叫什么名字,有几个人大声把酒吧的名字告诉了我。

"我的天,你去英国多好啊。亲爱的,我有麻烦了,又怀上了,你有没有什么药可以寄给我?"安娜问。

"我试试吧。他在家吗?"

"他不在家的,这儿没别人了,只有我和宝宝。你会给我寄药吗,会不会啊?"

"在我离开前你会让他来这儿的吧?"

"只要他回来,我肯定告诉他!"

"安娜,我给他写过信的。"

"我知道,前厅的桌子上放了一撂信,都没拆开。"

他性格里的这种特质正是我最为欣赏的，那是一种孤独的坚韧，能够让他推迟几天，甚至几星期去看会让自己快乐或烦恼的信。

我问安娜那个美国女孩玛丽有没有去过他家里。

"除了那个无赖再没人来，你走后，这里就像个修道院，他有两个晚上都没回来，等再回来以后就跟个修道士一样，不知道在想什么。你会给我寄药的吧？"她央求我。这时我的时间到了，就跟她说了再见，离开时心情沮丧到了极点。我又看到了他棕色的眼睛，和我在那个酒店里见他最后一面时一模一样，充满了忧伤，也充满了对事实的了悟，我并不是他想象中的那个女孩。一块石头，这是他的话。我想象着石头在烈日下崩开，还有些石头在一条我熟悉的小河中被冲刷得圆润光滑。

离开酒吧时，我留了个口信，告诉他怎么才能找到我们坐的船；我仍然觉得他有可能会来。天色已经晚了，我想象他开着那辆小车疾驰在山路上，着急地赶到我身边来。安娜答应出去找他，但不知道他会在什么地方。

泥汉认识船上的主管，所以他们都获准上了船。我们这一行人一个接一个地往船上走，泥汉给了几个脚夫一些小费。芭芭用牙咬着船票给检票员看，她的两只手里拿满了东西，又是鲜花，又是旅行包，还有一件新的红色风衣。直到走上了舷梯，我还在想，现在仍然可以返回去等他,他会来的。但泥汉热切地催促着,不知什么人的行李箱尖角也推搡着我的背,于是我继续往前走了。

我们的小包厢里挤满了人:托德、泥汉、乔安娜、古斯塔夫,还有他们送的各式各样被压坏了的花束。泥汉把半瓶爱尔兰威士忌挨个往过传,让大家干了。

"我不传染细菌。"乔安娜说。喝了几口雪莉酒,她的情绪一下子高涨起来,泥汉把她的帽子掀了一下歪着戴,这下她全身上下看着都是歪的了。

"耶稣遇到了他受苦的妈妈。"泥汉对乔安娜说。我一下子又想起去参加舞会的那个晚上,后来泥汉被绊倒在乔安娜家的楼梯上。有那么一瞬间,大家都悲伤起来,但是泥汉又开始喊:"芭芭,凯瑟琳,祝你们健康,祝你们发财!保持你的纯真你的甜蜜,什么都不要改变你——"他唱了几句,摸了摸芭芭的屁股,然后一下子把她举到了空中。

"天哪!"芭芭喊着,头碰到了白色陶瓷灯罩。

铃响了,一个威严的声音宣布,船上所有送行人员都必须下船了。

"哎呀,我们得横穿海峡游回来了。"泥汉说。乔安娜说:"我的上帝啊。"托德竖起大衣领子,戏谑地朝我们画了个十字。他们抢着往门口跑,留下我和芭芭面对着一堆被压坏了的玫瑰和半瓶威士忌,瓶口还印着一个个潮湿的嘴唇印。

"他都没有来。"我对芭芭说。她搂住了我,我们抱头大哭。

"我要疯了,我要疯了。"我抽噎着对芭芭说。

"哎,别说疯话了。"芭芭说,"等我们去了英国,想干什么就干什么。"她忽然想起我们带了那么多钱,"包,包,天哪,咱们的钱。"她说着把大衣和行李箱都扔下床,在无数个牛皮纸包裹下翻出了我俩的手提包。行李收拾到最后,我们才发现衣服塞不进行李箱了,不得不打好几个包裹。芭芭说等到了利物浦港,我们得要个手推车才能把这些东西都运下船。

"咱一晚上都别睡,你都不知道谁会进来把我们强奸了,再抢走我们的钱。"芭芭说。

"我永远都忘不了他。"我对芭芭说着,一边走到洗手盆前,对着上面的镜子擦干眼泪。

"没人非要你忘了他。不管怎么样,高兴点吧,到了伦敦苏豪区就可以过上快乐生活啦。"

船上的扩音器里又开始播放一则通知,我开始发抖,仔细地听,想着会不会是他,结果并不是。

"光凭看我的样子,就能知道我有什么样的过去吗?"我问她。现在我不再需要吸着双颊让自己看起来瘦一点了。

她看着镜子里的我说:"你要知道,你已经有半年多没好好睡一觉了,这才是你需要知道的。"然后她恶作剧地按了床铺旁边的两个铃,想看看会有什么事发生。一个乘务员进来了。

"只是闹着玩的。"芭芭说。乘务员打量着我们乱成一团的包厢,一地的衣服、一地的花,我还哭哭啼啼的,芭芭拿着威士忌瓶子在大腿上滚来滚去。他摇摇头出去了。

"这些人如果想知道明天能收到多大一笔小费,可得注意点了,不然什么都别想拿到。"芭芭大声说。

"无法倾诉的怜悯,深藏于爱人的心里。"我念着叶芝的这句诗。喝了威士忌后,我的头昏昏沉沉,念着这句诗,我心里找到了些许安慰。

芭芭捂住了耳朵。"别,别,天哪,你又在念那些悼词卡了?"

"他一直都是自己洗袜子,还做了个金属的东西放在袜子里,这样袜子就不会缩水。有一天,他还把灯芯绒裤子放水里煮,裤子缩了水,他就给稻草人穿了。"我说。

"给你说点有意思的,我觉得他有些神经兮兮的,你离开他就对了。"芭芭拍拍额头,"他早晚会出家的。"

船发出了隆隆的声音,我摇晃了一下,芭芭说:"要开船了,走,去向他们挥挥手。"她拉起我的手跑到甲板上,再看都柏林最后一眼。泥汉和其他人都还在码头上站着,正朝我们挥着手,挥着帽子和报纸,但没有他的身影。

"泥汉是个真诚的人。"我对芭芭说,又想起了妈妈常说的这句话。

芭芭手里挥着一条干净的手帕。我们靠在栏杆上,感觉到船开始动了,看见船下浑浊的海水翻卷起来。

"哈,像是一百个马桶同时抽水。"芭芭看着泡沫翻滚的水面说。海鸥从远近栖息的地方飞起,跟随着我们,沿着栏杆上方慢慢飞翔。我难以相信我们就这样出发了,就这样离开爱尔兰了。透过泪水,我看见朋友们挥着手向我们告别,看见我们的船慢慢驶过一辆辆起重机、一艘艘停泊的船只,逐渐驶离那个长长的、单调的码头。5月傍晚紫红色的暮光下,都柏林这座城市慢慢地向后退去。在这座城市,就在海关大楼前,我第一次吻了他;在这座城市,我拔掉了两颗牙齿,典当了妈妈的一枚戒指;这座城市,我爱它。我们俩都哭了起来。

"可怜的汤姆·希金斯还在疯人院关着呢。"芭芭说,似乎她是为了希金斯而流泪;但是,我想,她也是在为曾挥霍过的那部分自己而流泪,为她曾吃下去的那些沉香而流泪,为她曾与之调情的公交车售票员而流泪。

现在可以看到多利蒙海滩了,我去过两次,先是和绅士先生,后来又和他,两次都是在恋爱中。我眼前又出现海滩上的一个个沙丘,杂草从沙丘里长了出来,我曾发誓再也不会踏上那个海滩一步,不管是不是在恋爱中。我们感觉到了一阵寒意,出来时忘了穿上大衣。天色很快就暗了下来,海湾两边的灯都亮起来了。

下面坐三等舱的人这时拿着酒出来了。他们靠在栏杆上唱起了歌。

"咱们要是在下面就更好玩了。"芭芭说。头等舱的乘客大多是神父和已婚夫妇。

海鸥跟着我们慢慢地飞,它们尖利的叫声释放了我内心深处的呐喊。天空逐渐变暗,一层雾气从海面升了起来,星星次第点亮了。

"我带了晕车药,省得吐一船。"芭芭说。我们回到了包厢,吃了三片晕车药,希望自己一路顺利。

我又开始想他,比任何时候都想他;我坐在床铺上,终于明白,他的选择就是不来找我,这是多么痛苦的了悟。

"要是晕船就完蛋了。"芭芭打了个嗝,安全起见,她把一条毛巾盖在新裙子上面。

"记得提醒我搞几条新毛巾。"芭芭说。如果说有人能把我从濒临疯狂的状态中解救出来,那一定是芭芭,她的喋喋不休简直能让人发狂。

"我们来了,"芭芭兴奋地扬起了双臂,"我们来了!英国报纸,美国报纸,做好准备吧!"这艘名叫"爱尔兰"的船在黑夜中稳步前进,向利物浦的黎明驶去。

21

现在,我在贝斯沃特一家熟食店工作,晚上去伦敦大学学习英语。芭芭在苏豪区上班,不过工作地点并不是她之前所希望的脱衣舞俱乐部。她正在接受培训,打算去大酒店当前台接待员。我们合租了一个单间,姨妈每隔一星期就给我寄一包黄油。芭芭说拿着这个蔫不拉几的包裹,上面还缠着毛茸茸的麻绳,我俩看起来真像一对大傻瓜。我一直跟姨妈说黄油在伦敦并不限量供应,但她还是坚持寄过来,这是她能证明爱我的唯一方式了。

这时正是炎热的夏天,我想念田野,想念微风,有时候,还会想起一条山间的小河,河水上面垂荡着柔软的柳枝和串串金雀花荚。我想起了和他一起去河边钓鱼的那天,他穿着一双大大的雨靴,在河里逆流蹚水。当我乘坐最后一班地铁,或把头伸出窗外让风吹干我的脸(我们没有权限使用花园),在那些恍惚的时刻,我问自己,为什么要离开他,为什么不抓紧一些,为什么不能像藤壶一样紧紧地吸在石头上。

我到了伦敦后,他给我写过一封信,很温和的一封信。信上说我是个特别好的女孩,多么遗憾,他不能再年轻一些(心理上),或我不能再成熟一些。

我回了信,他又写了一封信,但到现在已经有几个月没有收到他的来信了。我想,他应该是回到妻子身边了,或者去南美洲忙他那部关于灌溉的片子了。

如果再次见到他,我一定会跑上去亲吻他。现在,我虽然见不到他,但他的身影一直在我眼前。我看见他走在树林里,我说害怕有一天他会离开我,他说,懂得了爱,但总有一天注定只能去回忆爱,这是大多数人都要面对的命运。

"我们终将各自离开。死亡,改变,大多数时候都是因为改变,我们不再需要昔日最好的朋友。但即使我离开了你,我自己的一部分也将对你产生影响,你会因为认识了我而变成一个不同的人。这是不可避免的……"他说。

他说的是事实,连芭芭都注意到了我的变化,说我晚上如果还继续这样学习下去,总有一天会变成一个无聊乏味的人,穿着平底鞋,戴着近视眼镜。芭芭不知道的是,我正在适应新的环境。当我能侃侃而谈的时候,我想到我就不再会那么孤独了。然而,这也可能只是个难以实现的梦。